說話的戰略

一生受用的思考與技術

千葉佳織——著
蔡昭儀——譯

話し方の戦略

「結果を出せる人」が身につけている
一生ものの思考と技術

說話就是祈願。

「有話想說」的念頭，就是為某人的幸福祈願。希望對方接收到這些話，行動上有一點點改變，人生有一點點改善，這樣的心願。商業也好，政治也好，私人生活也好。

為了讓這樣純粹的念頭成形，我們必須好好磨練「說話方式」。

「說話方式」不是天分，而是認識自己的能力。只要按部就班、腳踏實地練習，一定能夠發光發熱。

但是，一個人埋頭努力太辛苦，我也一樣。千葉老師的建議具體又符合邏輯。沒錯，說話也需要「戰略」。

這本書會是你最棒的夥伴。歡迎你加入我們，一起踏上祈祝別人幸福的旅途。

——日本史上最年輕市長・兵庫縣蘆屋市長　高島崚輔

前言

我一直很羨慕擁有說話天分的人。

在任何場合都吃得開、受到眾人關注的，一定是說話得體的人。而過去的我，與這類人正好相反，說話總是說不到重點，個性拘謹又平凡。面試時不知道怎麼回答問題；演講時總是詞不達意；與人交談時，又害怕造成對立而不敢直言。

明知自己言辭笨拙，卻又無能為力。

這不是努力認真生活就能獲得的能力。我曾經非常渴望擁有「說話天分」。

多年之後，我現在經營新創公司 KAEKA，主要針對商務人士，提供透過 AI 診斷並搭配專業講師指導的「說話訓練」服務。我自己則兼具撰稿人及演講訓練講師身分，為不同業界的經營者或政治家提供服務，至今已成功幫助超過五千人改善談吐。

我從十五歲開始參加演講比賽，曾經在全國大賽贏得三次冠軍，更獲頒內閣總理大臣獎。大學畢業後，我任職於網路公司 DeNA，在公司發起首創的「撰稿人及演講訓練講師」專案，為社長、各級主管，以及人事部、業務部成員指導口語表達，後來獨立創業，成立了現在的公司。

我原本是極其平凡，與說話天分完全無緣的人，現在不僅以口語表達為強項，還能幫助別人改善談吐，甚至開發有效的方法。

這都是因為我認真思考過「**說話戰略**」，並且身體力行。

請容我自我介紹，我是 KAEKA 公司負責人，千葉佳織。

非常感謝各位在眾多書籍中選擇本書。

在本書中，我會以我自己，以及提供說話訓練服務的KAEKA所累積的經驗、知識、實績為基礎，為大家解說足以讓人生產生巨大改變的「說話戰略」。

「說話」應該是有溫度的，加上「戰略」，有些人可能覺得這兩個詞組合在一起有點奇怪。

戰略給人的印象，就是爾虞我詐、冷漠無情，用來操弄人心或控制對手。

但本書所要談的戰略並不屬於這一類。

「為說話制定戰略」，是為了將自己想說的內容確實傳達給聽者，事先確立說話目的，對詞彙、聲音、動作等做好詳細的規畫。

在你的職業生涯中，或是挑戰道路上，盡可能讓「說話」發揮最大效果，帶動周遭的人，讓他們成為自己的助力，一起邁向未來，這樣的觀念非常重要。

戰略從來都不是冷漠無情，而是給予人生熱情和活力的方法。

說話不需要「天分」

我第一次注意到說話戰略，是在高中一年級參加演講比賽時。七分鐘的時間，我必須一個人站在講台上，闡述自己的主張。自己寫講稿，加入各種表達技巧，背得滾瓜亂熟後，對著大家發表。

「演講」的特徵是講者單方面對著聽眾說話。我之所以參加演講社，是看到學長姐們面對聽眾毫不緊張，毫無猶疑地闡述自己的主張，那模樣讓我非常嚮往。我從來不曾有什麼特別的主張，也對自己的表達沒有自信，演講社帶給我很大的衝擊。

在演講社裡，不管有沒有比賽經驗或資歷，大家都熱烈地討論著什麼樣的表達方式淺顯易懂、令人印象深刻，原因又是什麼；如果有不好的地方，就思考為什麼不好、如何改善。

從基礎的發聲練習、寫講稿、聽取學長姐或學弟妹的意見，把學科功課擺在一邊，埋頭反覆推敲講稿。前前後後修改二十幾次，終於寫好一份還算滿意的講稿，再將這一千六百字全部背下來。每天花三小時練習，力求以清晰明瞭的方式，向所有人傳達出自己的熱情，最後站上講台……每天就忙著這些事。

我在這樣的環境中反覆鍛鍊，最終在全國大賽贏得三次冠軍，更獲頒內閣總理大臣獎的殊榮。

演講比賽的經驗，讓我深深體會到，**想要真正打動對方、吸引對方參與，就必須用戰略思維來組織語言**。

說話能力並不是天生的，而是與運動或音樂一樣，只要把握正確方法，反覆修正，就可以越來越進步。我在這個成長經歷中，已經確實地學習到了。

如果我擁有說話天分，是不是可以什麼都不用考慮，也不用努力，只要把心裡想的原封不動地說出來，就能得到預期的結果？

事實完全不是這樣。

而且，我相信幾乎所有人都和我一樣，沒有說話天分。

但只要懂得「為說話制定戰略」，你就能改善談吐，開拓人生。

「說話戰略」可以應用在所有狀況

本書將帶給大家的內容如下：

在序章中，我會以「體系」為關鍵字，解釋說話的戰略有哪些特點。為了幫助大家理解，我會介紹自己身為撰稿人、演講訓練講師，實際指導客戶的案例。

實踐的觀念和方法是從第一部開始，但讀過序章，可以更清楚地理解概念，有助於之後深入學習。

序章之後的內容分為三部。

第一部是**戰略的「基礎」**。我會介紹所有說話場合都適用的三個基本原則。

第二部是**「詞彙」的戰略**。根據前述的原則，如何選擇用詞、以怎樣的順序、帶入怎樣的內容等，我會介紹具體的方法。

第三部是**「聲音．動作」的戰略**。關於如何帶動氣氛、如何清楚表達、用什麼樣的肢體動作來強調等，我會一一詳細說明。

戰略也可以藉由模仿來學習。書中蒐羅了豐富的實際案例，包括知名的經營者、政治家、藝術工作者、運動員等，分析他們的說話技巧。

引用他們的演講或談話，希望大家能從中學習說話的戰略，應用在日常生活中的各種狀況。

商務場合中，與客戶洽商、簡報，與上司和部下之間的匯報、聯絡、諮詢、各種會議，就業或轉職面試，或是婚禮致詞等，**所有藉由「說話」這個行為達成某個目的的場合，本書介紹的觀念和方法都能派上用場**。

縱使狀況不一，但透過我們的身體、聲音，全心全意地表達內心的想法，這個根本原則是不會變的。

像過去的我那樣，覺得自己不善言辭，或是曾經被指責用詞不當而感到懊惱的人，請一定要讀本書。

另外，對說話、表達有自信的人，我也相信本書能幫助你更進一步。演講自成一格，想要深入探討理論的人，還有想要變得更專業的人，本書也可以幫助你檢討、分析自己的說話方式。

「為說話制定戰略」的觀念和方法，可以為我們的人生打上聚光燈。

「說話能力」是我在人生中不斷追求的主題，我也衷心希望能毫無保留地把其中的祕訣傳授給大家。

目次

第1部

戰略的基礎

「傳達」的三原則

原則1 確立「說話目的」

原則2 分析「說話對象」

原則3

理解「口語表達」

第2部
「詞彙」的戰略

第1章
語言化
用一句話表達「真正想說的事」

第2章

構成

加深印象的「順序」與「比例」

第3章

故事

用獨門的「故事」引起共鳴

第4章

事實

「認同感」取決於如何運用「事實」

故事×事實，組合出自己的意見

第5章 修辭

贏得聽者支持的「一句話」

第3部

「聲音・動作」的戰略

第6章

發聲

如何打磨吸引人的「聲音」

第7章

沉默

「沉默」才訴說最多

第8章

肢體語言

體現信賴感的「站姿」「動作」

序章

關於「說話的戰略」

具備完整「體系」的最強方法

本書介紹的「說話戰略」有一個很大的特點。

那就是**具備完整的「體系」**。

二〇一九年我創立KAEKA，嘗試整合自己學到的說話戰略，開發人人都能實踐的方法並推廣出去。希望為忙碌的商界人士打造一個「只要掌握正確方法，就能提升說話能力」的世界。

為此，分解、定義「說話」的構成要素，建立淺顯易懂的架構，是不可或缺的工程。

然而，這個構想既沒有參考指南，說話方式也沒有絕對的正確答案。要打造一套淺顯易懂的體系，極其困難，整個工程更是一條超乎想像的漫漫長路。

首先，我將自己過去的經驗做一次全面盤點。曾經不善言辭的我，藉由參加演講比賽等活動，獲得各種經驗，經過反覆試錯，培養說話能力。

我分析各國口才便給的名人的影片或書籍、文章，從中找出共通點，優化基礎概念，還參考許多論文，進行科學驗證。

我將這些所學應用在撰寫講稿及演講訓練的授課現場，幫助客戶改善談吐。在這個過程中，我發現，關於說話，人們碰到的問題其實非常廣泛。隨著接觸的客戶越來越多，對於解決問題的順序和方法，也越來越有經驗。

我與KAEKA旗下的說話專家們，包括講師與工程師，一起陪著學員面對問題，將蒐集到的數據反覆進行分析和討論，終於建立了說話戰略的體系。

下頁圖表就是我們歸納的體系。

原則 3

「說話對象」理解「口語表達」

「聲音・動作」的戰略

發聲……………理解呼吸的機制
以腹式呼吸發出大音量
調整聲音大小來表現心情
練習穩定的語速
配合對方與狀況決定語速
說到重點時改變語速
適時調整聲調的高低
重要詞彙要提高聲調

沉默……………確保適度的留白
認識贅詞並消除贅詞

肢體表現……身體重心、手腳位置要穩重
管理表情、視線
注意站位
利用手勢豐富表達

說話的戰略 3 原則

原則 1
確立「說話目的」

原則 2
分析

「詞彙」的戰略

語言化……制定核心訊息
打磨核心訊息

構成……根據目的依序說明
考慮資訊的平衡
維持前後一貫
開頭和結尾需要巧思

故事……用故事引起共鳴
坦承自己的弱點、強項
描寫時間軸、情緒、五感

事實……選擇適切的事實資訊
讓自己與社會接軌
引用數據

故事×事實，組合出自己的意見

修辭……引用對話、名言
為對方的心情代言
強調「現場」的價值

說話可以分解為「詞彙」和「聲音．動作」

首先，我們在傳達訊息時，有些事應該在開口之前先考慮好。我們必須正確認識「說話」這個行為的特徵，也就是說話戰略的三個基本原則。

其次，關於說話，可以分解為「詞彙」與「聲音．動作」兩個主軸。

第一個主軸是「詞彙」，如字面，就是所有語言訊息及詞彙的選擇。包含如何將想傳達的事轉化成語言訊息、淺顯易懂的結構、打動人心的表達，以及引用數據或社會現象等事實訊息。

第二個主軸是「聲音．動作」，也就是一切的非語言訊息。在「聲音」部分，分解說話時的抑揚頓挫，包括聲調的高低和停頓時間等。「動作」部分指的是體現信賴感的姿勢、表情管理、視線移動、利用手勢等肢體動作強調重點詞彙的行為。

重要的是，這兩個主軸要同時訓練、理解並實踐。只加強其中一部分，都不能真正打磨說話技巧。

舉例來說，光有華麗的「詞彙」，說出口竟是：「嗯……今天啊……那個啊……」不僅聽起來彆扭，若再加上表情或姿勢不夠穩重，那些詞彙也無法發揮作用。

同樣的，只訓練「聲音・動作」，儘管發音清楚嘹亮，面帶笑容，但說話沒重點，東一句、西一句，脈絡支離破碎，想傳達的事也無法傳達出去。

所以說，兩方面的技巧都具備了，才能真正改善談吐。

一般人學習說話時所欠缺的

很多人都欠缺「兩個主軸」的概念。

我認為原因在於，對於「說話」這件事，多數人的概念都是模糊的。

然而，全方位學習說話非常重要。

許多人想學習說話，但市面上相關的書籍或教學，大多只著重「詞彙」，或是只著重「聲音・動作」，有些甚至只提供「心法」。

如果能夠清楚知道自己的問題，選擇適切的解決方案，那當然最好。但根據我的經驗，每個人的問題都不一樣。

明明需要改善的是增加詞彙量，卻學習如何不緊張、如何調適心態。明明問題是語速太快，需要學習適時停頓，卻選擇教你說話流暢的課程。或者，應該學習的是如何組織訊息，清楚表達自己的意見，讀的卻是「這種場合要這麼說」這種單純教你換個說法的書。

許多人選擇的學習方法，都是「錯誤的順序」。

選擇沒有效果的解決方案，只是平白浪費時間而已。

提供訓練的專家也有責任。

不能只因為是講師的擅長領域，也不管是否符合客戶的需求，就搪塞給客戶。

坊間盡是拿著n＝1的成功案例就想解決每個人的問題的講師或課程。

這些現象全都是人們對說話的概念模糊不清所導致，實在令人遺憾。

成功幫助五千人改善談吐的有效方法

因此，我非常堅持要先將以往概念模糊的「說話」，做明確的定義，再建立體系。透過本書，讀者可以藉由分析及理解各項重點，清楚認識自己擅長與不擅長的部分，建立全面且有效的學習方針。

參加KAEKA的說話訓練課程，學員都要從全方位認識說話開始。

在KAEKA，學員會先利用AI診斷說話方式，分析自己的狀態。藉由這個診斷，我們可以分別從「詞彙」與「聲音・動作」找出問題。

另外還有專屬的撰稿人和演講訓練講師協助改善個別的問題。學員可以明確知道自己現在需要解決什麼問題、正在訓練什麼項目，這樣才能在最短時間內達到理想目標。

我們不是像無頭蒼蠅般找答案，而是理解說話的構成要素，清楚知道自己的問題所在，再規畫解決問題的優先順序。

這個體系已經成功幫助五千多人改善談吐。

本書就是陪伴你改善談吐的最佳夥伴。不要自己孤獨地思考問題和解決方案，你可以在閱讀本書的過程中，找到適合自己的方法。

本書介紹的方法不是只有n＝1的成功案例，而是累積了n＝5000以上的案例，長期以來為不善言辭而苦惱的人們成功改善談吐的結果。

因此，對於所有想要改善談吐的人，我保證這是一套適合每一個人、非常有價值的方法。

史上最年輕市長高島崚輔的演講魅力

接下來，要介紹我身為撰稿人、演講訓練講師，實際指導客戶的案例。藉由這些案例分析「詞彙」和「聲音・動作」這兩個主軸的表現，看說話戰略如何發揮效果。

二〇二三年，兵庫縣蘆屋市誕生了日本史上最年輕市長，高島崚輔先生。年僅二十六歲就當選市長，自然備受關注，社會大眾更期待他成為新世代的領袖。

我在這場選舉中協助高島先生改善演講表現。

高島先生在就讀哈佛大學期間曾經學過演講，也寫過深入挖掘自己內在的文章。他的講稿包含【詞彙】**自己傾注熱情和理念的部分，以及實務政策的部分，比例相當均衡**，非常容易理解。

當時，高島先生想改善的問題是「說話聲調太高」。有別於其他市長候選人，高島先生非常年輕，說話聲調太高，只會凸顯他的年輕，卻讓人覺得不夠穩重，他對此相當苦惱。

為了給選民「穩重」的印象，他特別來上課。

一開始，我們先練習基礎發聲方法，也就是「腹式呼吸」。藉由腹式呼吸，【聲音．動作】**打造穩定、清晰的音色**。

接著是高島先生主要想解決的問題「聲調」。除了鍛鍊低音，也練習靈活運用高音，【聲音．動作】**配合想傳達的內容，切換適合的聲調**。我們一直反覆做這個練習。

另外，我們也訓練手勢。

許多政治家在演講時，習慣頻繁地伸手揮來揮去，但高島先生的問題反而是手勢太少。

他特別練習配合「每場演講要傳達的訊息」，【聲音・動作】**在什麼時機、以什麼角度、用什麼手勢，將訊息淺顯易懂地傳達給聽眾。**

經過一番苦練，課程結束之後，高島先生的每場演講都獲得支持者的肯定：「談吐跟以前完全不一樣，變得好棒！」

之後每每站到講台上，他都能非常熟練地適時加上肢體動作，牢牢抓住聽眾的心，贏得熱烈的掌聲。

就任市長後，我也協助他撰寫講稿。

二〇二四年二月，第一次的施政方針演講，由我擔任撰稿人，協助市長打磨講稿。施政方針演講，主要是說明市長將如何推行市政、編列多少預算等。

高島市長非常重視這場演講，希望能夠打動社會大眾。他找我一起討論演講的戰略，透過這場演講讓市民理解未來的施政項目、需要多少預算、如此規畫的理由。

首先，我們將「育兒」及「基礎建設」等【詞彙】**施政項目重新分類。**如果分類太細，不容易記憶，但也不能因為這樣就只有概念而忽略細節。

過去，像這類的的施政方針演講，大多是將政策條列出來，再照本宣科就好，而我們決定加入故事性。包括【詞彙】**與市民對話時，實際聽到的市民心聲與現場熱度，還有編列預算時真正的想法、困難與糾結等，具體地將市長的心情都寫進講稿裡。**

如此一來，施政方針演講就不再只是單純的條列式報告，而是進化成有溫度的內容，讓市民對市政有更深刻的了解。

演講前，高島市長【聲音・動作】**熟記開頭和結尾的部分，反覆練習配合講稿移動視線。**演講結束後，得到許多市民回饋：「市長以自己的話訴說，讓人感受到他的誠懇和用心，相當精彩的演講。」「內容不偏離主軸，口條流暢，非常引人入勝。」

像高島市長這樣，針對設定的聽眾，選擇適當的詞彙，是領導者必須具備的素養。

搞笑藝人福娃醬的入學典禮演講戰略

說話戰略可以發揮效果的，並不限於政治場合。

我曾經參與電視節目的企畫，這個企畫是讓藝人福娃醬在大學的入學典禮上演講，我則是負責協助她。從初次見面到正式上台，我們只有短短兩週的時間，日程非常緊迫。

人氣爆表的福娃醬，行程超級滿，我們會趁著電視節目錄製的空檔，在保母車裡交換意見，或是約好「晚上十一集合」，才能坐下來開會。經過熱烈的討論，反覆推敲，我們一起篩選出真正想傳達的內容。

當天，福娃醬出奇不意地現身在學生面前，她的演講牢牢地抓住聽眾的心。會場熱烈的掌聲不斷，網友們在社群網站上也大推這場「神級演講」。成功的演講背後，其實是相當縝密的戰略。

她要對大學新鮮人【詞彙】**傳達的訊息是「朝著夢想挑戰」。**以福娃醬這樣作風另類又開朗的搞笑藝人來說，這個題目未免太過普通，好像到處都看得到的標語。

然而，故事從她進入搞笑藝人訓練班開始，她一邊上大學當作「保險」，一邊繼續堅持「挑戰」。她看到成功的搞笑藝人只有極少數，但那些離開搞笑圈的同學，現在也過得很好，所以她知道，挑戰的結果，不會只有成功或失敗兩個選擇。她想傳達的訊息是【詞彙】**自己一路走來的經驗和從中得到的想法和價值觀。**

面對這個企畫，福娃醬做好覺悟，準備展現自己平時隱藏的一面，真誠地訴說自己的故事。

我陪著她一起構想，將這個訊息做最大發揮。最後完成的講稿，內容都是專屬於她自己的滿滿創意。

開場是：

恭喜各位大學新鮮人！我是福娃醬！沒錯～突然冒出個藝人來跟大家說話～很棒吧！不過呢，通常這種場合，大人們都會說：「大家要朝著夢想挑戰！」只有一種選擇而已對吧？很老套耶（笑）！

一下子就與剛脫離高中生身分的年輕聽眾**拉近距離**【詞彙】，**說出他們真實的心聲**。大家便開始期待「她要講不老套的新鮮話題」。

她繼續說：

就算進到訓練班，真正能成名的就那麼一小撮，三百人當中只有一個吧！這樣的環境，要貢獻全部的人生，我還真的沒有勇氣與覺悟。

像這樣**透露**【詞彙】**自己脆弱的一面**。

前面先鋪陳這些心路歷程，最後【詞彙】簡單一句「但我還是希望大家勇於挑戰」，會更深入人心。

【聲音・動作】整場演講都以日常語氣，中途還拿起手機對著會場自拍，完全展現她的獨特風格。

要對懷抱希望又不安的大學新鮮人，傳達「老套」的訊息，福娃醬活用自己搞笑藝人的角色，精心設計演講，打動許多人的心。

從高島市長與福娃醬的例子，我們可以看到「詞彙」和「聲音・動作」如何安排。說話戰略要發揮最大效果，這兩個主軸的配合至關重要。如果只偏重其中一方，就不會有這麼好的結果。

理解說話的體系，「傳達力」會截然不同。

重要的是「技巧」還是「精神」？

如此強調體系的重要，有時會被質疑「忽略了精神面」。

坊間的說話指南書，或是相關課程、顧問公司，經常可見這樣的主張：「技巧都是些小把戲，沒有意義；想要傳達給對方的熱情，才是重點。」

我非常贊成「精神很重要」。

但是，「技巧不重要，精神才是重點」，或是「技巧最重要，精神無關緊要」這種極端的主張，我覺得也不對。

想想「說話」以外的事。

平時的工作，有沒有什麼是「技巧不重要」的例子？

我們在工作的過程中，慢慢學會製作資料、熟悉程序、與人交涉這些實務技巧，增進工作實力。

然而，願意為這份工作全心投入的熱情也是必不可少。

換句話說，技巧和精神同等重要。

時下的說話教學流行「技巧不重要，精神才是重點」這樣的論調，我非常反對。

我是怎麼想的呢？

先說結論，我選擇**「藉由學習技巧來培養熱情」**。

KAEKA的課程，基本上是分單元學習，包括訊息的比重、說故事的手法、分解抑揚頓挫等。

藉由理解說話技巧的重要性，以及實踐這些技巧，對於自己想說什麼、對方會如何接收、自己與對方的感覺是否有落差，我們會開始主動探索。

學習技巧會帶動反思，激發熱情。

本書的構成是以技巧為章節主題，在學習每一項技巧的過程中，若能同時關注自己的精神面，會更有幫助。

技巧和精神都充實了，口才自然會變好。

「口才好」經常被解讀成負面的意思，不是真心地向對方傳達訊息，而是吹毛求疵、咄咄逼人。那樣的態度根本算不上溝通，不是真正的「口才好」。

我們練習說話，是為了將自己想說的話傳達給對方，與對方建立良好關係。

希望聰明的讀者也懂得聯繫聽者的心。

AI無法取代的溝通價值

本章的最後，我想談談現在已無可避免的AI話題。

近年來，ChatGPT等生成式AI開始滲透至商務場合。書店可以看到許多相關的書籍，也已經有不少人嘗試應用在自己的職場上。

在演講的領域，只要在 ChatGPT 等生成式ＡＩ輸入「想一個朝會的主題」「寫一段部下的婚禮祝詞」等，就能得到符合條件的內容。

照這樣下去，我們似乎可以完全仰賴ＡＩ，人類只要知道怎麼應用就好。真是如此嗎？我並不認同。

相反的，我反而認為，在這種時候，人與人的交談更顯重要。

想想看，我們為什麼需要說話。

在職場或學校，與人交談，不是虛應故事，而是發自內心，想要建立互相信賴的人際關係。表明自己未來想挑戰的事，爭取認同；或是向他人坦承自己的心情，尋求幫助。

溝通是我們人生中必須經營的一環，懂得與人溝通，才能推進自己的人生。

從個人的微小心願到遠大志向，為了達成目標，活出精采人生，我們必須與人交談。

當我們回歸到這個本質，就會明白「說話的內容讓 ChatGPT 去想就好了」「我不擅長說話，實在不想與人面對面交談」這樣的態度是行不通的。

本章已經向大家說明，說話戰略是以「體系」為基礎，這是累積許多人面對說話問題，並設法解決問題的結果。

想要向前邁進，請一定要利用本書，讓這本書成為你的夥伴。

透過說話，讓我們的人生更豐富。

下一章，我們就往實踐「說話戰略」邁進。

第1部

戰略的基礎

「傳達」的三原則

說話的戰略

3原則

原則1 確立「說話目的」

原則2 分析「說話對象」

原則3 理解「口語表達」

為說話建立戰略，有三個基本原則。

在第一部，我會解說這三個原則，
這也是接下來第二部「詞彙」
和第三部「聲音．動作」的基礎。

當你為說話感到困擾或疑惑時，
可以回到這三個原則，重新思考。

原則1 確立「說話目的」

你想藉由說話達成什麼？

第一個原則是「確立說話目的」。

除了無關緊要的閒聊，我們說話大多都帶有「目的」。

在商場上，讓客戶購買公司的產品、採用自己的企畫、要求部下與客戶交涉……有各種狀況。這裡所謂的目的，是指「**想藉由說話達成的事**」。

目的清楚與否，說話的品質會有很大的差異。

在KAEKA，我們會訓練學員，錄下自己說話的樣子，反覆觀看，從客觀角度找出問題。

許多學員第一次看到自己說話的樣子都表示：

「好像沒說到重點……」

以為該講的都講了，但是看著影片中的自己時，卻又覺得「好像沒說到重點」「不知道想說什麼」。

我問他們：「你當時是想表達什麼？希望對方獲得什麼？你有思考過自己說話的目的嗎？」

許多學員一時語塞：「我當時只想著『必須說點什麼』，完全沒想過目的……」

大家可能覺得「確立說話目的」是理所當然的，但其實，許多說話者只是一廂情願地認為自己做到了。

為什麼「校長總是講很久」？

「校長總是講很久」，這應該是大多數人共同的記憶。

根據學校老師透露，幾乎所有校長致詞都會超出預定的時間。

當然，也有遵守預定時間、演講內容精采的校長。不過，大部分情況，講者之所以「講很久」，我認為是因為「缺乏目的意識」。

通常，定期性的場合，都有目的不明確的傾向。

每月的全校集會、每年的入學典禮或畢業典禮……時間到了就要舉辦。像這類定期性的場合，常常都會忽略目的，不知道自己要達成什麼、想帶給聽者什麼。

「去年是這樣，今年也差不多吧。」一切比照過去，應付了事。

不是只有校長，只要是定期性的場合，就很容易陷入這種情況。

例如，朝會之類的小組例行會議、召集全體員工的大型會議、到客戶公司洽商，還有徵才活動上的公司說明、致詞也都是。

只要把事先想好的話說完就好，社會上充斥著這種因為「錯誤的成功體驗」，而忽略目的的會議。

說話是一種「手段」，當它變成目的時，就不可能打動人心，充其量只是把時間填滿的「流程」。

另外，以校長致詞的例子來說，還有一種可能性是，因為沒有機會得到聽者的反饋。

校長致詞，主要聽眾都是學生，台下應該沒有人會給予反饋。入學典禮或畢業典禮上，家長也不太可能聽了校長的致詞後給予反饋吧。

在場的家長大多沉浸在孩子重要的人生階段，就算校長致詞沒有亮點，也不會有人要求改善。

看到這，你是不是覺得這也很像在說自己呢？在公司，或是與客戶談話，也很少有機會獲得具體的反饋。

無論如何，開口說話之前，如果不先決定好目的的，就像短跑比賽不知道終點在哪裡。聽者也不知道會被帶往哪裡，莫名地感覺這條路很遠、很長，沒有終點。

換句話說，我們對「校長總是講很久」的共同認識，或許真的是「內容很長」，但更多的是**因為目的不明確，所以「感覺講很久」**，這才是真正的原因吧。

我的客戶中也有學校校長，他們來上課，就是希望提升自己的傳達力。

基本上，我會請他們先釐清「說話的目的」。

假設目的是「想勉勵學生用積極的態度迎接新學年」，相關的故事或報告的項目、內容等，都必須謹慎挑選。

目的決定好了，溝通也會改變

所謂的「目的」，需要詳細到什麼程度呢？

其實，只要自己能接受，抽象或具體都沒關係。

以我來說，抽象度高的像是「希望讓人覺得自己可以信任」「希望讓人覺得自己很有熱情」，這種以建立理想印象為目的，或是「希望對方很自然地在必要時刻想到KAEKA」「希望自己說的話能帶給別人勇氣」，這種就不是要留下印象，而是以提供價值觀或觸發行動為目的。

抽象的目的，也可以進一步設定具體的數字，例如，演講或講座結束後，「問卷調查希望有八成評價『非常滿意』」「演講結束後希望有十個人報名課程」。

我會依據狀況，調整目的的詳細程度，但重要的是，將自己覺得合理的目的轉化成語言。

決定目的的時機，必須在「開口說話之前」。

例如，正式簡報的幾週前、正式演講的幾天前，如果時間有限，臨上台前也沒關係。

但切記，一旦開始說話，就沒有時間思考目的了。

每次說話都要設定目的，確實很辛苦。

但是，有了目的和達成目的的念頭，我們會更注意自己的溝通方式是否適切，克制自己不能想說什麼就說什麼，這也是重視對方的態度。

設定目的的好處之一是，我們可以藉機回顧自己的表現。

來KAEKA的學員，我們都會讓他們看或聽自己說話的錄影或錄音，詢問他們的感想。一開始，幾乎所有人都很排斥回顧。

但是，因為已經設定好目的，就必須確認自己說的話是否達成目的，衡量達成度。而為了衡量達成度，徵詢聽者的意見不可或缺。

如果得到與自己預想相符的反饋，也就是達成目的，你的精神面會更加強大。因為這個成功體驗，關係著無可取代的自信。

常有人問我：「如何才能更有自信地說話？」

我認為，唯有確實地累積達成目的的經驗，才能建立自信。

我自己每次都會在開始說話之前，先設定好目的，事後也會確認是否達成。如果不能完美達成，便反思檢討有什麼不足之處，向旁人聽取反饋。

若能完美達成，那自然很開心，我還會蒐集聽眾的感想並記下來。到現在，我仍然時常想起過去得到的讚美。

我就是用這個方法幫助自己培養自信，相信「自己也有打動人心、改變他人行動的能力」。

相信讀者們也能找到適合自己的方法。

為了實現自己的理想、志向，或是為了提升說話的精準度，無論是為了什麼，第一步都必須「確立說話目的」。

這就是「說話戰略」的起跑線。

原則 2

分析「說話對象」

如何設定「難易度」

第二個原則是「分析說話對象」。

所謂的「對象」，是指「聽我說話的人」，或是「與我對話的人」。簡單說，就是要設法了解聽者的屬性、狀況、擁有的知識量、偏好的溝通風格等。

說起來好像沒什麼特別，但其實很多人都不得要領。

我來介紹一個常見的例子。

我們的學員中，有一位公司的經營者，每週朝會他都要對員工說話。但是，他寫的講稿內容都是企業經營的專業術語或商務用語，員工有各種年齡和職務，對一部分人來說，有些詞彙可能太過艱深。

生。

像他這樣，自己以為「大家都應該知道」，就不管用語是否適當，這種情況經常發生。

我們看看以下的文章：

新創公司的種子輪大多是兩到三億日圓起算。雖然VC主要是藉由M&A或IPO來回收資本，但在初期階段，對經營者人品與公司願景的重視，遠勝於商業模式及市場牽引力。

在新創公司工作的人可以理解這段文字，卻無法傳達給完全不懂這個業界的人。

相對的，面對已經有背景知識或了解狀況的人，如果只使用日常用語做說明，可能會過於表面、空洞。必須適度使用專業術語，雙方才能做更深入的討論。

換句話說，並不是使用艱深的詞彙或專業術語就不好，若雙方有共同的背景知識，反而應該直接使用專業術語來交談。

但是，面對沒有背景知識，或是才準備要學習新知識的人，選用的詞彙和表達方式都必須淺顯易懂，否則無法讓對方理解。

市場行銷也是一樣的道理，無論你的目的有多麼明確，如果不能傳達給目標對象，就只能停留在自己的大腦中，而不是一次成功的溝通。

了解對象的屬性，才能決定用詞的難易度或需要做多少補充解釋。

被提醒「你是對著中學二年級學生說話」

我自己也曾經被老師提醒。

高中一年級時，我第一次寫講稿，當時的顧問老師對我說：「**你是對著中學二年級學生說話，要用他們聽得懂的方式說。**」

就算自己的專業性變高、知識量變大，但懷著炫耀的心態，或是故意用艱深的詞彙，都只不過是自我感覺良好而已。對於沒有共同背景知識的聽者——當時是中學二年級的學弟妹們，如果不用他們能夠理解的詞彙表達，根本沒有意義。這就是顧問老師提醒我的用意。

使用艱深的詞彙，還可能將你的聽眾往外推。

因此，我們必須分析說話對象的屬性，了解他們對於你要傳達的內容有多少認識，才能決定使用的詞彙或表達方式。

面對已經有背景知識的人，可以選擇比較深入的內容；面對不具備背景知識的人，則需要補充解釋，這很重要。

我有太多客戶都曾經對不具備背景知識的人講得太過艱深。

長時間在一個產業或職位的人，不妨想想看自己有沒有留意過這一點。

對方其實「根本不想聽你說」

除了背景知識，也要考慮對方的「心情」。

他是主動想聽我說話，還是被迫的呢？

我經常受邀演講，會場的氣氛其實很多樣。

如果聽眾多數是主動想聽的感覺，表現出歡迎、友善的態度，我會很快進入正題。

但如果是被迫來聽演講的人居多，我就得先花點心思贏得認同。

假設這些人表現得不太積極，是因為他們覺得「反正又是一場沒有意義的講座」，我會稍微增加自我介紹的內容，或是對他們的業績能帶來多少幫助的話題。

如果說話對象對接下來要談的話題有所懷疑，要避免直接進入具體內容，先傳達「**接下來我要說的話很有價值**」，使現場氣氛熱絡起來。

我也會在演講過程中，特別關注那些看起來比較不感興趣的人，觀察他們的表情變化。

觀察對方的「姿勢」，也就是身體所傳達的訊息。

如果對方身體前傾，與說話者視線接觸並點頭，表示他很積極聆聽。

如果對方雙手交叉胸前，昏昏欲睡的樣子，或是一直低頭看資料，就不是積極的態度。

請試著觀察對方聽你說話的時候，是什麼樣的心情。

同時，你也可以從對方的樣子看出他「偏好的溝通風格」。

希望直接聽結論，還是希望你依序說明；喜歡慢慢聊，還有喜歡有效率地對話。

語速或情感的表達方式等，也可以從現場的氣氛判斷對方的偏好。

如果說話對象是一個人，就針對他偏好的風格。如果是群體，則要先觀察整體的狀況，配合最多數人的喜好做調整。

溝通必須「以對方為優先」

我在分析說話對象時，還有一個重要原則。

那就是「以對方為優先」。

所謂以對方為優先，就是不預設自己能夠完美傳達，而是站在對方的立場，不斷修正說話方式。

簡單說，「沒有對象，溝通便不會成立」。

這聽起來理所當然，卻是至關重要的大前提。

許多人從未想過要站在對方的立場，只顧著用自己的節奏說話，或是只想展現個人風格，還沾沾自喜，一副「自我感覺良好」的樣子。但我們都不是自己以為的那樣完美。

說話最要緊的，**從來都不是自我評價，而是他人的評價。**

貼近他人的心情，看似簡單，其實並不容易。

所以我們要時刻提醒自己。

如此才能擬定適切的戰略，真正打動對方的心。

「無法傳達意思」是說話者的責任

「以對方為優先」，到底要怎麼做呢？

站在聽者的立場，用對方容易接受的詞彙，將想傳達的訊息濃縮，在既定的時間內說完。

一對一的對話也是相同原則。這場對話，對方想要傳達什麼，自己是否能夠為此提出建議或產生共鳴。

說話的同時，我們也要考慮這些。

常聽人說「聽比說更重要」，這其實也是指一樣的事情。**「對方接收到我們說的話之後會怎麼想」，要隨時思考這件事，然後才能行動。**這點非常重要。

為了達成目的，一講再講，或是過度使用強勢的字眼，就容易變成「自我感覺良好」，反而更達不到目的。

「對方聽不懂」，有些人會歸咎於對方的知識或經驗不足，但其實都是說話者自己的責任。

聽者是什麼屬性？以怎樣的語速說話他才能理解？需要補充什麼細節他才會接受？

考慮這些要素，是說話者的使命。

目標是雙方都舒服的狀態

在指導客戶的過程中，有些人會表示：「考慮對方的問題會打亂自己的節奏，無法暢所欲言。」

這也是必經的過程。

自己覺得舒服的說話狀態，對方並不一定也同樣覺得舒服。

說話時，我們要考慮的不是「自己」是否舒服，或是否適合「自己」，而是是否為「對方」正確定位。

不能只是「自己方便就好」。

原則一說要「確立自己的目的」，原則二又說要「考慮對方的立場」，這不是互相矛盾嗎？哪一邊才更重要？我相信有人會提出這樣的質疑。

站在對方的立場組織語言，說出自己想傳達的話。

為此，我們必須了解**「自己」和「對方」都是獨立的人，給予尊重，在兩者平衡的狀態下說話。**

實際談話時，不斷地試錯，在自己舒服的狀態和對方舒服的狀態之間取得平衡，也是必要的練習。

必須同時重視自己和對方。適度地調整，維持平衡，要是偏向某一方，就可能會迷失。

原則3 理解「口語表達」

說話是「聲音」的一來一往

最後一項原則是「理解口語表達」。

「口語表達」有幾個特徵。

了解這些特徵，說出來的話會有很大的不同。

首先，口語表達，就是以聲音傳遞訊息。

與口語表達相對的是「文書表達」，以「文字」傳遞給讀者。口語表達則是以「聲音」傳遞給聽者。

聲音沒有形體。

使用文書表達，需要花時間寫文章，寫完還可以回頭檢查。我現在正在寫的這些話，讀者隨時都可以再讀一遍，但說出口的話，基本上會隨著時間一起流逝。

也就是說，**說話時，必須在瞬間解釋詞彙，其實是一種非常嚴苛的溝通型態**。

如果是文書表達，寫完還能夠刪除或補充，但口語表達只要話說出口，就不能取消了。

失言的政治家經常會發表聲明：「撤回發言。」他本人是宣布撤回了，但「說出口的話」其實是收不回來的。

「一字一句都記住」是大誤解

了解這個特徵，你會發現社會大眾對「說話」這個行為有很大的誤解。

大家都以為「自己說出口的話，對方會全部記住」。

訊息以聲音的形式，隨著時間一起流逝，聽者不可能一字一句都記得清清楚楚。

然而，說話者常常都以為別人記得自己說過的一字一句，還會一直追加補充。這就是說話者總是發言冗長，提供一堆資訊，聽者卻什麼也沒記住的最大原因。

說話者記得自己說過什麼，聽者卻不記得自己聽了什麼，這是很常有的事。不管是一對一，還是一對多，首先，很重要的是「不要以為對方的記憶裡存有你說過的資訊」。

我們要改變想法，了解「說出口的話，並不需要全部被記住」。在這個前提下，刪減多餘的詞彙或段落，再尋求最能夠將自己想傳達的事留在對方記憶裡的詞彙或表達方式。

「在有限的時間內，希望對方記住什麼、留下什麼印象」，說話時，我們要有這樣的戰略思維。

若不認清這一點，只會平白浪費彼此的時間。

縮短「一句話的長度」，可以促進理解

口語表達，除了是以聲音傳遞訊息，還有時間的限制，對方也可能聽過就忘。因此，「一句話的長度」，就變得很重要。

所謂一句話，是指從開始說話到句號為止，像是：「大家好。」或是：「今天，我要介紹××公司。」

前面說明過時間與記憶的關係，基本上，**一句話越短，越容易理解；越長就越不容易理解**。

想像以下的文字是用「聽」的：

BAD

我來說明本期的事業計畫，首先，回顧前期的計畫，請看這邊，前期的營業額有三億兩千萬日圓，成功達成目標金額，這完全要歸功於全體組員的努力。

這就是句子太長不容易理解的例子。

從開始說話到句號，總共有六十七個字（包含逗號、句號），中間完全沒有停頓，只是不斷隨著時間一起流逝。

這段文字中，不斷有新的訊息疊加上來，導致整體的意思很難理解。聽者掌握不到重點，可能連前面聽到什麼也忘了。

文章經過反覆閱讀，多少還能看懂，但隨著時間流逝的「聲音」，沒有停頓地一直說下去，聽者的記憶和理解都無法負荷。

如果一句一句區分好，就會變成以下這段文字。也請大家同樣想像聽起來的感覺。

GOOD

> 我來說明本期的事業計畫。
>
> 首先，回顧前期的計畫。
>
> 請看這邊。
>
> 前期的營業額有三億兩千萬日圓，成功達成目標金額。
>
> 這完全要歸功於全體組員的努力。

這就是容易理解的形式。

很明顯的，每句話都變短了。分成五個句子，分別是十二、十一、五、二十四，以及十五個字。

嚴格篩選每一句話傳遞的訊息，讓聽者感覺每一次到句號為止的內容都可以記下來。

一句一句區分好，縮短每一句話的長度，每到句號，就增加一次理解。這樣處理之後，訊息就變得容易理解了。

很多人處理不好這個要訣，才會為說話傷透腦筋。

為什麼會這樣呢？

比起文書表達，我們學習口語表達的機會真的不多。

一直以來，我們都偏重學習文書表達，不會意識到口語表達與文書表達的性質不同，就直接寫講稿。

許多演講或簡報的講稿，都沒有以口語表達為前提，常常一句話相當冗長。日常會議或面試時，一句話說得又長又難懂的人，真的很多。

政治相關的記者會尤為明顯。

二〇二一年七月，日本政府因新冠病毒召開緊急事態宣言記者會。記者會開頭是這樣說的：

BAD

稍早，我們成立了新冠肺炎對策總部，埼玉縣、千葉縣、神奈川縣、大阪府發布緊急事態宣言，北海道、石川縣、京都府、兵庫縣、福岡縣實施防止疫情擴散重點措施，期間自八月二日至八月三十一日，東京都、沖繩縣決定將緊急事態宣言延長至八月三十一日。

這句話長達一百一十五個字。

大家努力聽完，也記不住這些訊息。念了一大串縣名，也不知道到底公布了什麼，聽者完全摸不著頭緒。

這種政治相關的記者會，講稿都是由幕僚或單位的職員撰寫。我想，他們應該是因為每天工作都接觸文書，早已習慣使用文書詞彙，將要傳達的訊息寫成一大串，講稿也就依照文書詞彙的要領撰寫。

如果有意識到口語表達使用的是「聲音」，應該就不會這樣寫講稿。

如果是我，會改成這樣：

GOOD

稍早，我們成立了新冠肺炎對策總部。
這次發布緊急事態宣言的有：埼玉縣、千葉縣、神奈川縣、大阪府。
此外，實施防止疫情擴散重點措施的有：北海道、石川縣、京都府、兵庫縣、福岡縣。
期間自八月二日至八月三十一日。
目前已經發布緊急事態宣言的東京都、沖繩縣，決定將宣言期間延長至八月三十一日。

我把原本的長句分成五個短句。

了解口語表達的特徵，縮短每一句話的長度，「什麼地方發布了什麼」「討論了什麼」「期間是什麼時候」，就變得很清楚了。

國際奧會會長陷入的「口語表達陷阱」

口語表達也有「陷阱」。

那就是以為「不用準備」。只要把心裡想的說出來就好，反正到台上自然就說得出來，屆時再即興發揮，根本不必準備……

這是非常大的陷阱，許多人都會掉進去，我是絕對反對這種想法。

準備的程度因人而異，從簡單調查聽者的背景，到寫好講稿，認真練習。準備是非常重要的事。

理由是，為達成目的，我們必須讓說話的時間是有意義且受到重視的。

我心裡一直有個疑問。

舉例來說，大企業有新品上市，委託廣告公司舉辦盛大的發表會。

從租借會場，設置攝影器材、燈光照明，至此已是數百萬至數千萬日圓規模的投資，唯獨「致詞」，到活動前一天都還沒有決定好內容，講者甚至連一次預演都沒有，就直接上台，拿著講稿照本宣科。

有時候，來賓致詞也是上台再看著辦，一切碰運氣的樣子。

這種壞習慣導致的悲劇，就是二〇二〇東京奧運的開幕式。

國際奧會托馬斯．巴赫會長的致詞，原本預設五分鐘的時間，硬是講了十三分鐘之久。

我分析過這場演講，「感謝的話太多」「好像要結束了，卻又提起另一個話題」「與上一位致詞者東京奧委會橋本聖子會長說的內容部分重複」等，缺點不勝枚舉。

如果巴赫會長有一位稱職的撰稿人，情況會變怎麼樣呢？應該一週前就寫好講稿，還會實際演練並計時吧。如果知道要花上十三分鐘，就可以看看哪裡還能刪減，做一些有建設性的討論。

當然，我現在只能想像當時的情況。但就算是這種全球性的盛典，也還是會發生這樣的事。

有「準備」，才有最佳演出

「準備」是為了整理自己的思考，創造最佳演出。

當我受邀在婚禮上致詞時，一定會提前一週以上的時間準備講稿，還會徵詢家人、同事的意見，請他們提供反饋。

一週至三天前完成講稿，並且背好。每一段都要錄音，再對照講稿做「跟讀」（跟著錄音講相同的內容），直到滾瓜爛熟。

然後，正式上台。

當然，這世上也有「不用準備」就能完美演出的人。

例如腦科學家茂木健一郎，我們曾經一起對談，當時完全沒有彩排過，就直接開始。

「意識自己的所在，專注眼前的人」，茂木先生根據腦科學，懷著這樣的心態展開對談。這是他的溝通風格，當天也的確分享了精彩的談話。

但以我的經驗，只有極少部分的人能夠在毫無準備的情況下達到最佳演出。

大部分的人都必須做好準備，才有最佳表現。

我從事說話顧問以來，經常有人對我說：「事先準備的話，就不是自己的話了。」總是有一些人因為這個理由，堅持不事先準備。

如果你也能和茂木先生一樣，不用準備就能夠勝任談話的工作，在數個媒體擔任評論員，還贏得許多觀眾的肯定，甚至感動，那當然很棒。但我想，應該很難。

如果「聽起來像是事先準備好的」，那也是因為技術不足。

經過認真學習，做好萬全準備，這樣準備好的內容，不可能是生硬、沒感情的。

「只要表現原本的自己」「笨拙也無妨，把心裡想的表達出來就對了」，關於口語表達，這些是現在正流行的說法。但我們也不能照單全收，而忽略了準備的工作。

有些人會說：「我已經準備了，卻還是表現得不好。」其實，你只是不知道方法而已。

嚴格說來，我認為這聽起來像是在逃避準備這個重要步驟。

就是因為口語表達受限於時間，我們才更應該思考要如何有效表達。

因為「說話」這個行為實在太日常了，以至於每個人都以為「天生就會」。

也因為太日常，才會有我們沒注意到的陷阱。

因此，我們要正確認識口語表達的特徵，按部就班練習，讓自己更進一步。

第2部

「詞彙」的戰略

「詞彙」的戰略

語言化……制定核心訊息
打磨核心訊息

構成……根據目的依序說明
考慮資訊的平衡
維持前後一貫
開頭和結尾需要巧思

故事……用故事引起共鳴
坦承自己的弱點、強項
描寫時間軸、情緒、五感

事實……選擇適切的事實資訊
讓自己與社會接軌
引用數據

故事×事實，組合出自己的意見

修辭……引用對話、名言
為對方的心情代言
強調「現場」的價值

如同第一部介紹的「三原則」，
首先要養成習慣，思考我們說話的目的與對象。
第二部將解說，
在目的與對象都確定的前提之下，
談話的主幹「內容」要如何安排。
如何用一句話表現最想傳達的訊息？
如何排序，才能使重要的內容更醒目？
能產生共鳴與說服力的要素該如何配置？
好好打磨你的「詞彙戰略」吧。

第 1 章

語言化

用一句話表達「真正想說的事」

將「想傳達的事」轉化成語言

說話要達成目的，有個不可或缺的要素。

那就是「**核心訊息**」。

所謂核心訊息，是在確立說話目的之後，將「想傳達的事」轉化成具體的詞句。我們看過許多雖然有明確的說話目的，卻遺漏核心訊息的例子。為了將真正想傳達的事，轉化成能留在對方記憶裡的話語，核心訊息是不可或缺的要素。

假設部長在會議中，暢談下一期的抱負。以下兩個例子，請大家比較看看：

BAD

我是部長山田。這一期，我們達成輝煌的業績。大家都辛苦了。關於下一期，正值事業發展的現在，我們要冷靜審視組織問題，同時繼續往前邁進，我認為這很重要，而且，保持冷靜的同時，也要自問能不能接受新的挑戰。我希望每個人都能享受工作，同時壯大團隊。大家一起努力！

「冷靜審視組織」「接受新的挑戰」「享受工作」……這些訊息都很空泛，對聽者來說，只會留下「應該是叫我們向前看吧」這樣的印象。

如果有明確的核心訊息的話：

GOOD

我是部長山田。這一期，我們達成輝煌的業績，大家都辛苦了。下一期，有特別重要的任務。那就是：正值事業發展的現在，一定要冷靜。希望大家不過度自信，要積極向前。唯有保持冷靜，才能認真面對組織問題，迎接與過去相同高品質的新挑戰。現在，一定要冷靜。每天的樂趣也會由此而生。大家一起加油！

接連不斷的訊息，總結成一句「現在，一定要冷靜」，清楚地傳達給聽者。

核心訊息，就是**用一句話表達「真正想說的事」**。

有了核心訊息，整段談話才算有總結，想傳達的事、重要的事也才能留在聽者的記憶裡。

「不讓」聽者有多重解釋的機會

反過來說，如果沒有核心訊息，整段談話會變得支離破碎，有時候連自己都搞不清楚到底要講什麼，聽者當然也無法理解談話的主旨。

聽者可能會逕自理解談話的意思。

前面的壞範例中，每句話都讓聽者可以對說話者的意圖做各種解讀：「組織有問題嗎？」「是叫我們接受新的挑戰嗎？」「是要我們照現在的步調往前吧？」

優秀的電影或小說會開放讓讀者自由解釋，然而，有目的的談話卻要完全相反。

要知道，說出口的話會隨著時間一同消逝。因此，想要傳達的事，必須確實傳達給聽者，並留在他們的記憶裡，所以一定要以「核心訊息」的形式明確地表示。

二〇二三年世界棒球經典賽，日本對美國的決賽中，大谷翔平在賽前的簡短談話，引起了熱烈的討論。

我要說的只有一件事。不要崇拜。一壘有高施密特，中間有麥克·楚奧特，外野還有穆奇·貝茲。這些打棒球的人都耳熟能詳的選手都在這裡。只有今天，光是崇拜是無法超越的。我們今天是為了超越對手、成為頂尖而來，所以只有今天一天，放下對他們的崇拜，只想著勝利。走，上場吧！

「不要崇拜」這個核心訊息，就是這段談話的總結。

在即將與全是明星球員的美國隊決戰之際，這個訊息是在向隊友強調：眼前的對手不是你要崇拜的對象，而是要戰勝的對象。

核心訊息一定要「簡單扼要」

接下來，將具體說明將談話目的轉化成語言，打造核心訊息的方法。

在打造核心訊息時，首先要注意的是「精簡文字」。核心訊息越短，越容易留在記憶裡。

BAD

現在我們需要的是「藉由互相幫助，讓彼此保有持續下去的力量」。

GOOD

現在我們需要的是「持續下去的力量」。

第一句雖然比第二句詳細，卻不容易立刻抓住重點，留下印象。第二句更簡單扼要，聽者更容易記住。

那麼，句子的長度該如何拿捏呢？

以我從事撰稿人及說話講師的經驗，一句話**大約三秒以內可以說完的長度，聽者容易聽到重點**，**也才容易留在記憶裡**。

因此，核心訊息一定要「簡單扼要」。

這是打造核心訊息的大前提。

希望對方實際行動，還是獲得啟發？

核心訊息，要用什麼樣的詞彙比較適合呢？

核心訊息有兩種模式——

「**行動委託**」模式與「**價值觀提供**」模式。

①行動委託

如字面，就是**請求聽者「實際行動」**。

在工作場合鼓舞團隊：「勇敢接受挑戰。」拜託客戶：「請積極考慮購買我們的商品。」勉勵社團的學弟妹們：「一起拚命練習吧！」這種明示具體行動的核心訊息，都屬於行動委託。

句子中有「請～」「一起～吧」之類向對方喊話的語氣，就是行動委託。先前舉例大谷翔平所說的「不要崇拜」，「不要」也是請求對方實際行動，所以是行動委託。

一般商務場合的談話大多都是這種模式。

②價值觀提供

這是**希望聽者在某些事情上能夠「獲得啟發」**。

例如，KAEKA的講座每次都會強調：「改變說話方式，人生也會不同。」婚禮上，來賓致詞：「對彼此的想像力是很重要的。」這些都屬於價值觀提供。句子中有「要懂得～」「要重視～」，或是加上「～很重要」，傳達思想、價值觀，都屬於價值觀提供。

儀式上的致詞或企業高層的談話，經常能看到這種模式。

換句話說，「去挑戰吧」是「行動委託」，「挑戰很重要」則是「價值觀提供」。先想想自己要向對方傳達的訊息是「行動委託」，還是「價值觀提供」。

有時候，心裡有想說的話，卻不知道怎樣才是合適的核心訊息。下一節，我將解說「制定核心訊息」的三步驟。

已經抓到要領的讀者，可以跳過下一節，直接看應用篇「打磨核心訊息」。

制定核心訊息的三步驟

無法決定「行動委託」或「價值觀提供」時，可以參考以下三步驟。

制定核心訊息的三步驟：

①設定目的．分析對象

②寫出要傳達的事

行動委託：

價值觀提供：
③選擇一個最想傳達的核心訊息

①設定目的・分析對象

「制定核心訊息」，不可能無中生有。

必須先回到說話戰略的三原則，其中的**「明確說話目的」**和**「分析說話對象」**。

先釐清說話的目的：我說話是為了什麼，說完後，希望對方做什麼、得到什麼。必須先想好目的。

「說話」是一種溝通，因此，必須清楚知道我們是對誰說話、聽者是什麼樣的人。有時候是特定對某一個人，有時候一對多，有數個對象。

大部分的商務場合，比較不會有不知道說話對象是誰的情況。無法判斷的話，**從說話的「場合」思考，也是一個辦法**。

例如，「股東大會」，說話對象是投資人、股東。「新書發表會」，就是對媒體。

「部門會議」，則是對部門成員。

釐清說話的對象，核心訊息就可以更明確了。

② 寫出要傳達的事

想像著對方，寫出要傳達的事。

不必想得太難，或是太講究用詞。

想怎麼說就怎麼說，也可以引用社會上普遍認識的名言，例如「持續就是力量」「Stay hungry, stay foolish」（求知若飢，虛心若愚）。

將想說的話，盡可能凝縮成短句，這點很重要。

在這個階段，不管是行動委託或價值觀提供，想到多少就寫多少。先寫下來，再慢慢整理，漸漸就能夠定出方向。

設定目的，分析對象，讓腦中的點子盡情擴散，寫下各種想說的話。進展到這邊，接下來要做的就是「歸納」核心訊息。

大膽歸納，選出「最想傳達的話」

③選擇一個最想傳達的核心訊息

寫出多個核心訊息後，接著要從中選出一個來。

想要傳達的念頭越強烈，就會越想要強調所有的核心訊息。

但是，其中一定有一項是**「最想說的事」，將它定為核心訊息，再娓娓道來，就是讓聽者最容易留下記憶的安排。**

舉例來說，以學長姊的身分，勉勵社團學弟妹的場合。

身為學長姊，一定有很多話想對學弟妹們說：「希望大家勤奮練習，全力表現」「多觀摩別人的表現，從中學習」「藉由這次機會，讓團隊變得更加緊密」……

如果不歸納核心訊息，就會變成以下這樣：

BAD

下個月的比賽，大家一定要加油，也希望你們可以多與其他學校的參賽者交流。只要盡最大的努力練習，一定會有回報。還要多觀摩別人認真的表現，從中學習。

內容的確是很正面積極，「要多與人交流」「要努力練習」「要多觀摩別人的表現」等，但「要求」太多，聽著無法判斷哪一項才是最想傳達的。

假設選擇「練習」這一項，以「累積練習量」這句話為核心訊息，聽起來就會很不一樣：

GOOD

下個月就要比賽了。為了跨越這一關，我只說一件事來勉勵大家：累積練習量。累積足夠的練習量，無論遇到什麼狀況都能順利因應，正式比賽也能放心面對。不必害怕，只要累積練習量。未來的你們會更強大，相信自己，盡力去做。

將原先的幾個要點歸納為「累積練習量」，有了明確的核心訊息，整段談話也變得更好理解。

雖然刪減了「要多與人交流」「要多觀摩別人的表現」這些訊息，但只要聽者能夠體會到「你最想傳達的事」，就不是問題。比起什麼都沒聽進去，這樣的結果要好多了。

請大家一定要大膽歸納核心訊息。

「我要說的有三點」這種說法潛藏大風險

無法歸納出核心訊息，常常是因為談話的「目的」不明確。

回頭想想「最想達成的是什麼」，核心訊息應該自然而然就能定下來了。

有些時候，除了最重要的核心訊息之外，還會增添一個子訊息作為補充。

GOOD

> 下個月就要比賽了。為了跨越這一關，我只說一件事來勉勵大家：累積練習量。累積足夠的練習量，無論遇到什麼狀況都能順利因應，正式比賽也能放心面對。不必害怕，只要累積練習量。未來的你們會更強大，相信自己，盡力去做。祝福你們在這次比賽中，不僅自己有所成長，也能好好把握這個寶貴機會，多與人交流，向別人學習。今天的練習，大家辛苦了！

雖然多了「要多與人交流」「向別人學習」，但談話的主軸還是「累積練習量」這件事。

即使重點有數個，仍必須**確立最重要的訊息，區分輕重緩急**。

只強調一個訊息實在不夠時，也有人會採取「我要說的有三點」這種說法。

一般認為，這種說法清楚明瞭。

然而，這種說法潛藏大風險。等你說完這三點時，對於最初聽到的內容，聽者可能已經記憶模糊。

我們不應該認為「我要說的有三點，第一點是……」這樣的表達方式，能讓聽者記住所有項目。

如果希望聽者留下記憶，最好還是歸納成一項。

以「近義詞」「負面詞」「複述」打磨核心訊息

這一節是應用篇，決定好核心訊息後，還可以進一步推敲「還有沒有更好的說法」，打磨核心訊息。

請先理解，這步驟不是必須，而是為我們的表達方式增添色彩。

打磨核心訊息有三個簡單方法。

打磨核心訊息的三個方法：

①換成近義詞
②搭配負面詞
③複述

①換成近義詞

最簡單的方法，就是找其他意思相近的詞彙，也就是所謂的「近義詞」。在自己大腦的詞彙庫找找看，你想說的話，還有沒有其他說法可以代換。

也可以把名詞當動詞用，把動詞當形容詞或副詞用。

不必想得太複雜，想到什麼就先寫出來，我有時候還會翻翻近義詞辭典。

原本的句子：持續就是力量

持續↓堅持、續行、保持、一直、延續……

力量↓能力、威力、勢力、氣勢、能量……

新詞彙：持續力

「持續就是力量」是大家都知道的名言，在探尋近義詞的過程中，產生一個新詞彙：「持續力」。

GOOD

在這個時代，我們需要「磨練突破力」「磨練判斷力」，磨練各種能力。但以我自己的經驗來說，有一個能力，是專屬於勇敢挑戰的人，那就是「持續力」。

後面的內容可能類似於「持續就是力量」，但核心訊息具備原創性，就能成功吸引聽者。前半段舉幾個「××力」的例子，也能凸顯核心訊息。

全日本瘋狂轉貼「不要崇拜」的理由

②搭配負面詞

大谷翔平的這句「不要崇拜」之所以吸引人，是因為「崇拜」這個詞大多用在正面意義，卻又加上了「不要」這個負面詞彙，讓這句話產生了落差感。

一開始聽到這句話，聽者可能無法理解，但聽完大谷翔平的用意和解說，就能理解其正面意義。**製造驚喜或意外，可以讓訊息更容易留在聽者的記憶裡。**

當我們提出訴求時，通常都會選擇正面詞彙，但如果能巧妙搭配負面詞彙，就會有更強的附加效果。大家有機會一定要試試看。

好用的負面詞彙：不要、拋開、打破、存疑、逃避

例：「不要崇拜」（對方不是遙遠的存在，而是即將迎戰的對手）

例：「拋開自我」（為遇見全新的自己，必須打破過去的認知局限）

例：「對常識存疑」（要繼續追求更好的事物，而不是接受眼前的事物）

③複述

假設核心訊息是「必須贏得信賴」，聽起來好像稍嫌平常。

這類經常聽到的句子，可能沒什麼衝擊性，無法引起聽者的興趣。

但如果改用別的詞彙，又無法傳達出自己想說的話或語氣，那就試試複述的方法。

原本的句子：必須贏得信賴

新句子：信賴，還要更信賴

雖然沒有使用特別的詞彙，但藉由複述，能夠讓聽者感受到「信賴」是很重要的事。

要從各種想法中選定作為核心訊息的句子，可以選擇朗朗上口的句子，重視聽起來的感覺，也可以選擇有別於他人的嶄新組合，重視的是句子給人的衝擊性。最初浮現腦海的，不一定是最好的。我們只要認真思考，這句話作為核心訊息究竟正不正確、合不合適，就有機會找到更好的表達方式。

核心訊息，影響著談話的整體脈絡。就算沒有經過精心打磨，只要有明確的核心訊息，就不會被質疑「你到底想說什麼」了。

釐清談話的目的，用淺顯易懂的詞句，清楚表達想說的話，就是往達成目的邁進一大步。

第 2 章

構成

加深印象的
「順序」與「比例」

「結論優先」不是絕對法則

決定好「核心訊息」後，接著就是用最有效的方式凸顯核心訊息。這裡應該考慮的是，「以什麼順序」「說什麼」「說多少」——也就是談話內容的「構成」。

市面上許多說話相關的書籍或教學，都是建議「結論優先」或「ＰＲＥＰ法」，主張「先從結論說起」。

「結論優先」，就如字面意思，一開場就先說結論。一般都認為，在商務場合，這是最佳構成。

「ＰＲＥＰ法」的這四個英文字母，分別代表Point（結論）、Reason（理由）、Example（案例）、Point（結論），說完結論之後，再做更詳細的解說。

以這樣的順序安排敘事，確實容易理解，我也會應用在演講上。

然而，現在的風潮似乎是，只認定「結論優先」或「PREP法」才是正道，我對此是存疑的。

對於聽者來說，開門見山就說結論，可能太過冷漠，也可能因為已經知道結論，對後面的內容就沒興趣了。

萬一結論不合聽者的心意，還可能引發情緒反應，後面不管你再說什麼，對方也聽不進去。所以，有時候還是要循序漸進說明，再帶入建議。

「結論優先」並不是絕對的。就算是商務場合，說話終究是人與人之間的溝通、互動。

堅持某種場合一定要以某種順序說明，我認為這種堅持並不是一件好事。還是要因時因地做調整，而不是一律採用所謂的正道或正解。

談話的構成，必須根據目的與聽者，做最合適的安排。

只認定某種方法才是對的，會讓我們損失「傳達」的機會。

考慮對象與目的，彈性地調整談話的構成，才能夠準確地傳達。

這才是我們努力的目標。

僅僅一句話的順序，就能扭轉印象

思考談話的構成時，首先要意識的就是「順序」。

你可能會覺得：「就這麼簡單嗎……」但表達的順序，確實能大幅改變給人的印象。

我們用以下兩篇婚禮致詞來做個比較：

我與新娘春菜是中學時期在學生會的活動上認識的，一路走來，苦樂同享。春菜總是活力滿滿、笑臉迎人、人見人愛，我一直很羨慕她。對我來說，春菜既是競爭對手，也是人生中最好的夥伴。

我一直很羨慕總是活力滿滿、笑臉迎人、人見人愛的春菜。我與春菜是中學時期在學生會的活動上認識的，一路走來，苦樂同享。春菜是我的競爭對手，也是人生中最好的夥伴。

前者從成長過程說起，仔細描述新娘的魅力。後者則是開場就吐露心聲，拉近與聽者的距離。

同樣的詞句，只是改變「順序」，就使得兩篇致詞給人的印象完全不同。

依照目標來組織語言

我們再多看幾種詞句排列順序的例子。

每個月的小組會議，談話的目的是「激勵團隊」，核心訊息是「團結，就能收獲成果」。

傳統的構成，會是以下順序：

（A）上個月的營業額，與去年同期相比，達成率有一一〇%。
（B）今年因為有主力成員異動，銷售一直處於苦戰的狀態。
（C）所幸，大家共享客戶的反饋，合力提出意見，終於完成打動客戶的提案。

（D）這個經驗讓我深切感受到「團結，就能收獲成果」。
（E）這個月也有必須達成的目標，大家再合力一起拚出好業績。

循序漸進地敘述，聽者很容易理解。

但如果稍微改變順序如下：

（D）今年，我有個深切的感受，那就是「團結，就能收獲成果」。
（B）今年因為有主力成員異動，銷售一直處於苦戰的狀態。
（C）所幸，大家共享客戶的反饋，合力提出意見，終於完成打動客戶的提案。
（A）上個月的營業額，與去年同期相比，達成率有一一〇％。
（E）這個月也有必須達成的目標，大家再合力一起拚出好業績。

開場先說核心訊息（D），是訊息性很強的表達方式。之後再舉出原因（B）和

（C），凸顯結果（A）的營業額數據。

還可以這樣調整：

（B）今年因為有主力成員異動，銷售一直處於苦戰的狀態。

（A）不過，上個月的營業額，與去年同期相比，達成率有一一〇%。

（C）主要原因是，大家共享客戶的反饋，合力提出意見，終於完成打動客戶的提案。

（D）這就是「團結，就能收獲成果」。

（E）這個月也有必須達成的目標，大家再合力一起拚出好業績。

從負面訊息（B）進入話題，凸顯大家合力達成營業額目標的故事性。

調整提示訊息的順序，就可以改變給人印象。

要以容易理解的方式表達，還是要賣關子吸引注意，或是訴諸情感，這都要依據我們的目標來安排談話的構成。

說什麼？說多少？

順序之後，接著要討論的是談話的「比例」。

以下，我們將談話的構成要素稱為「主題」。

所謂談話的「比例」，就是針對每一個主題「分配多長時間」。

精心安排了順序，但如果比例不對，可能造成核心訊息無法傳達出去。

我來舉個例子。

針對團隊成員的業績表現給予反饋的場合。

（A）＝優點，（B）＝改善點，（C）＝總結，要思考每個主題應該占整體談話多少比例。

談話的目的是「表揚優秀的成員，勉勵對方積極向上」，核心訊息是「你要更上一層樓」。

傳達像這樣的正面訊息時，比例可以這樣分配（A）6：（B）3：（C）1。

（A）我很肯定你這半年來的業績表現。執行專案的時候，不僅發揮領導力，團隊也在高度授權之下，做出亮眼的銷售成績。組員們都齊聲說：「挑戰變容易了。」帶動團隊士氣，迅速完成業務，這都是你的功勞。

（B）另一方面，也要留意，你可能太重視速度，忽略了溝通的重要性。今後要多找組員聊聊，這也是為了提升他們的能力。

（C）你自己也要更上一層樓。我們一起努力。

肯定對方達成業績，更勉勵他要繼續努力，積極向上。

如果目的和核心訊息不變，比例變成（A）3：（B）6：（C）1，會怎麼樣呢？

（A）我很肯定你這半年來的業績表現。執行專案的時候，發揮領導力，團隊迅速完成業務，做出亮眼的銷售成績。

（B）不過，你可能太重視速度，忽略了溝通的重要性。有部分成員抱怨太累，最近因身體不適請假的人也增加了。工作還是需要可以隨時諮詢的健全環境。為了加強團隊向心力，提升工作品質，你要多找組員聊聊。

（C）你自己也要更上一層樓。我們一起努力。

「肯定業績」「要重視溝通」「你也要更上一層樓」，談話的順序與第一個例子相同。但（B）改善點說得更詳細，也更深入，給人的感覺是冷靜、嚴肅的。

即使目的和核心訊息很明確，**整段談話的主題比例不同，給人印象也會完全不一樣。**

與「目的」相關的事要多說一些

思考談話主題的比例時，有一個簡單的原則：與「目的」關聯性高的主題，比例要高一些。

乍看之下，這是理所當然。但如果沒有特別留意，很容易說著說著就偏離目的，在與目的無關的主題上浪費太多時間。

以前面的例子來說，談話的目的是「表揚優秀的成員，勉勵對方積極向上」，多講一些「優點」才是對的。

但如果沒有思考過比例，整段談話就變成一直在講「改善點」。接受反饋的成員感覺到的就不是「勉勵自己積極向上」，而是「提醒自己要注意人際關係」了。

如果這次談話的目的是「希望對方誠心接受問題，繼續努力」，那就沒有問題。但我們一開始設定的目的是「勉勵對方積極向上」，卻一直在講「改善點」，那麼，這段談話就完全無法發揮效果。

就算說話者心裡想的是勉勵對方，但聽者也只能根據自己聽到的內容來判斷。因此，最重要的還要有明確的「目的」。根據目的來安排比例。

如果想到什麼就說什麼，也容易受到自己當下的情緒影響。尤其總是臨場發揮的人，特別容易有這種傾向。

一個主題要講多久，要看這個主題和目的關聯性，是否有助於達成目的，這需要經過精密的計算。

「滿腔的熱情」是一個陷阱

除了無助於達成目的的話題講太多之外，也會有必要的事反而遺漏沒說的情況。我過去指導的客戶，就曾經發生這樣的事。

客戶是某大企業的社長，這家企業橫跨多個領域，有A、B、C等多項事業。某次的公司總會，我在確認致詞講稿時，發現話題幾乎都集中在A事業。比例是（開場問候）1：（A事業）8：（總結）1。

詢問之下才知道，從社長到整個董事會，都將公司的前途押在A事業上。社長滿腔的熱情，影響了講稿的比例。

不難想像，A事業若繼續發展下去，將會帶動公司達成飛躍性成長。

然而，這次致詞的場合不是「部門大會」，而是「公司總會」。B事業或C事業的員工，聽到這A事業占了八成的致詞，心裡會作何感想。

社長致詞的目的是「勉勵全體員工」，為了達成目的，核心訊息定為「我們要團結一致」。

希望全體員工團結一致，卻只顧著講A事業，這樣根本無法凝聚其他事業員工的向心力，更會留下壞印象。

我建議社長更改講稿的訊息比例。

無論他對A事業有多麼熱烈的期許，這樣的比例分配無助於達成致詞的目的。必須提及B事業和C事業的重要性，才能夠凝聚全體員工，齊心為公司打拚。

將比例改為（開場問候）1：（A事業）5：（B事業）2：（C事業）1：（總結）1，「我們要團結一致」這個核心訊息才能傳達給全體員工。

思考訊息比例的分配，也是對聽者的「體貼」。

我協助過許多人改善演講、簡報，也經常看到人們因為沒多加留意，導致像這樣的情況發生。

對一件事投注熱情時，這股熱情越強烈，就越需要好好想一想，如何才能將自己想傳達的事，有效傳達給聽者。

確認是否前後一貫

有了適當的「順序」與「比例」之後，還要確認是否前後一貫。

所謂「前後一貫」，就是整段談話符合邏輯。

因為A所以B，因為B所以C，就算是第一次聽的人，也能在沒有任何前提之下，依序理解新資訊，這樣是是最理想的。

缺乏一貫性的情況，比如，前面還在講A，突然就跳到C。

或是A還沒講完，中途突然岔開話題，講到D，結果到最後都一直在講與A無關的事。

邏輯跳躍，或是主張改來改去，都會影響說話者的可信度。

前面解說「順序」和「比例」，是從微觀的視角一一檢查詞句，可能會因此而忽略了整體。

必須再從宏觀的視角，檢視想傳達的事是否說得完整，中途有沒有岔題，是否符合你想帶給聽者的印象，這些都要好好確認。

擺脫構成框架的「剪刀法」

像是大型簡報或演講，這類必須事先做好萬全準備的場合，或是距離正式上台還有充裕時間的情況，不妨試試看「剪刀法」。

剪刀法

把寫好的講稿印出來，將每個段落剪下來。用這些紙片做各種組合，找出最佳構成。想怎麼調動都可以，方便檢視各種方案

首先，把寫好的講稿印出來。

然後將每個段落剪下來。

用這些紙片做各種組合，找出最佳構成。

這時，可能會發現有些段落說明不夠充分，或是想到新的切入點，將這些內容記在白紙上，補充進去。

如果覺得某個段落完全用不到，就放到一邊。

一邊思考「聽者在哪個部分會有什麼感覺」「哪裡可能會失去興趣」等，一邊嘗試各種組合，就能夠找到最適合的構成。

調換段落的順序，也可以在電腦上使用剪下、貼上的功能。

不過，使用紙片，可以在真實的空間做各種調動。實際動手將原本放在最後的段落拿到開場，大膽地修正，能夠幫助我們擺脫先入為主的觀點。

紙片的大小，也讓我們更容易從視覺上感受每個段落的比例。

在思考構成的過程中，**我們不應該認定「這樣一定能夠傳達出去」，擺脫偏見很重要。**試著調動這些段落的紙片，找出更好的構成吧。

開場不要再套用公式了

前面，我們說明了談話的構成原則和方法。

大家已經了解談話應該「以什麼順序」「說什麼」「說多少」。

本章的最後，我們再以具體案例來思考，涵蓋談話頭尾的「開場」和「結語」要如何設計。

演講或簡報這類需要正式上台發言的場合，思考怎麼開場也是一個重點。開場設計得巧妙，不僅可以讓聽者保持專注，也會留下很好的第一印象。相反的，平平無奇的開場，無法引起聽者的興趣。

許多人上台發言時，可以看出講者對於「開場」毫無想法，這總是令我感到吃驚。印象最深的，是在DeNA人事部任職的時代。

在一次的聯合徵才博覽會上，各家企業依序派人上台，對近一百位學生介紹自家公司，每個人各有七分鐘的時間。

每一家企業的講者都是這樣開場的：

BAD

呃……謝謝主持人的介紹，我是××公司的山崎。今天謹代表××公司，來為大家做公司簡介。

主持人已經介紹過講者的名字和所屬公司、部門，講者上台後又再複述一遍。近十家公司都這樣，好像有個固定公式似的，大家只要代換上自家公司的資料就好。這樣既不有趣，也毫無個性。

連續聽了幾次這樣的開場，聽眾可以預測「這家公司講的一定跟上一家差不多」，瞬間就沒興趣了。

只有我，開場跟其他人不一樣：

GOOD

我們公司的挑戰是結合「娛樂」與「社會貢獻」。這兩個完全不同的領域要如何結合起來呢？請看這邊。

主持人介紹完之後，我沒有再複述自己的名字，直接就從關鍵字開始講起。我用這樣的開場，引起聽者好奇，想知道這是什麼意思，他們就會專心聽接下來的說明。介紹完公司之後，才介紹我自己：「我是 DeNA 人事部的千葉。」

我的開場與眾不同，開口的那一刻，全場氣氛也隨之一變，許多學生都抬起頭看向講台。結束後的問卷調查中，許多人都認為我的簡報最令人印象深刻。

對於「開場」毫無想法的問題，不只有我遇到的那次。舉凡各種活動、大型簡報、演講等場合，都經常可見。

現代社會充斥各種資訊，凡事分秒必爭。要是認為：「不過區區幾秒鐘的開場，不都是這樣？」便停止思考的話，難得的表達機會就這麼白白浪費了。

總是流於形式、難以引起聽者興趣的開場，若能好好利用，根據我們的目標做設計，表達會更精準、有效。

挑戰過的人才能看見的風景

有些人不認同我的主張。

「難道一般的開場方式不行？」

我並不是這個意思。要視情況而定，有些場合，簡單又傳統的開場，反而有效果。

我想說的是，**我們不應該對於「開場」毫無想法，只是無意識地依循前例。應該要有意識地為了達成談話的目的，選擇適合的開場**。

也有人說：「我只是業務員，沒有那種正式上台發言的機會……」「平常洽商的場合，還刻意設計與眾不同的開場，不是很怪嗎？」

當然，不是所有場合都需要特別設計開場。

我現在以 KAEKA 董事長的身分公開談話的機會比較多，演講、簡報、採訪、廣播節目、電視節目、諮詢、小組會議等，有各種情況。

諮詢或廣播節目、電視節目，還有小組會議，大多是與對方雙向溝通，只要求淺顯易懂，基本上，不需要花心思特別設計開場。因為這種場合更需要的是適時提出疑問或表達意見。進行與業務相關的簡報也一樣。

另一方面，當目的是需要引起聽者注意的場合，就一定要好好設計開場。例如，演講、與願景相關的簡報，或是透過影片發表談話，需要吸引聽者注意的時候，我就不會採用既定模式。

你的談話，是要求淺顯易懂，還是吸引別人注意，懂得依需求調整內容，這是很重要的。

最後一點，我也常常聽到「開場與眾不同會很尷尬」這樣的意見。「因為別人都沒有這麼做，這樣好像顯得很愛現……」

坦白說，如果會怕尷尬、怕自己太突兀，我覺得，你應該不是真心想要「為了達成目的，改善談吐」。

聽眾會因為你精心設計的開場而抬起頭來，渴望聽你繼續說下去。
能否看到這幅挑戰過的人才能看見的風景，全看你願不願意花心思設計開場。

「不枯燥」的開場技巧

接下來，我要介紹幾個能有效吸引聽者注意的「開場設計」。

首先是「**提問・喊話**」。
這算是最有名的開場技巧。說話者不是單方面發言，而是與聽者做雙向溝通。
提問與喊話不太一樣。

提問是詢問聽者：「大家有沒有做過××？」

例如，KAEKA的業務簡介開場：

GOOD

六·一小時。你覺得這個數字是什麼意思？

有些客戶會說：「嗯……這很難耶……」也有客戶猜：「是不是一星期的說話時間總和……」

我告訴他們：「其實，這個數字是日本人平日一天的平均說話量。」

大家的反應是：「什麼！有這麼多！」

提問的優點就像這樣，有來有往，雙方針對同一個話題進行談話。

這樣的開場，有利於說話者與聽者溝通，但也有一些必須注意的地方。

很多人常常問完就馬上進入正題。

「大家會不會因為自己的說話方式而煩惱呢？我以前……」像這樣，問完就立刻接著繼續講下去，聽者根本沒時間思考你的問題，還可能看穿你的心思，引起反感：「啊，他好像只是想要有個特別的開場才這麼問的……」

有效的提問應該是，**問完後，保留讓聽者思考的時間**。

再來看喊話。

「大家有沒有做過××？有做過的人請舉手。」像這樣要求現場的聽眾做出一些動作。

要求現場聽眾舉手或拍手等，做出一些動作，讓聽眾不會覺得枯燥。

議員小泉進次郎就很會利用這個方法。

舉例來說，某次演講，他看到台下有人穿著制服，於是就問：「現場有高中生嗎？（一邊做出舉手的手勢），這次選舉，你們是首投族喔。」台下的高中生們時而舉手，時而點頭。

他與現場的聽眾溝通，讓聽眾覺得：「今天真是來對了。」「真是一場激勵人心的演講。」

如果擔心或不確定聽者是否對自己的談話感興趣，我特別推薦這個方法。

用「故事」開場，可以馬上吸引注意

接著是「**經驗描寫**」。

需要吸引聽者注意的時候，很多人會從說故事開始（具體方法會在第三章詳細解說）。

這種時候，可以利用「經驗描寫」。所謂經驗描寫，就像帶領聽者進入小說情節，讓聽者感同身受。

亞馬遜創辦人傑夫・貝佐斯，他在普林斯頓大學畢業典禮的演講，第一句話是：

小時候，每年夏天我都會去德州，在祖父母的農場過暑假。修理風車、給家畜打疫苗，或是幫忙其他雜務。到下午，就一起看肥皂劇……

沒有制式的自我介紹或祝福話語，**突然就說起故事，讓聽者好奇他到底要講什麼**。想要一上台就吸引大家的目光，這是非常有效的方法。

貝佐斯的這場演講到底如何展開，「被勾起好奇心」的人，可以上網搜尋看看。

我在寫講稿的時候也經常使用這個方法。

我曾經在全國演講大賽上這樣開場：

在十二月的冷風中，我冰冷的手捧著申請書，感受著紙張的重量，慎重遞進窗口。二〇一九年，從我提交申請書這天起，我就是公司的董事長了……

描寫季節感與自己的行動，讓聽眾一起感受當時的氣氛。

讓聽者感覺「時光倒流」的敘事

第三種方法是「**時間提示**」。從特定年份、日期、時間等開始說起。

在正式的場合，這個方法非常好用，有助於加深聽者的印象，說話者也可以從時間輕易地帶出過去的事實或故事。

例如，一九八四年，年輕的史帝夫·賈伯斯在對學生聽眾介紹麥金塔電腦時，開場是這麼說的：

一九五八年，IBM收購開發靜電印刷技術的新公司未成。兩年後，全錄誕生，想必ＩＢＭ後悔萬分……

他一邊揶揄最大的對手ＩＢＭ，同時回顧麥金塔電腦從開發至今的來龍去脈，巧妙地運用時間提示。

時間是我們所有人共同的認知指標。

當聽者聽到某個時間，會自然而然像是坐上時光機，準備好聽你說話。

開場方式不同，會帶來不同的效果。所以，絕對不能無意識地依循前例，一定要配合狀況，好好設計開場。

我分析了多場演講、簡報，將開場的方法分成「十七種類型」。請見下頁表格，大家可以依談話的目的，選擇適合的類型。

使用故事／事實

⑧ 比喻　「這個情景，就像是 ××」

刺激聽者的想像力。刻意製造不同的印象，吸引聽者的注意

⑨ 經驗描寫　「某個六月的早晨，我睡眼惺忪地在家裡……」

讓聽者對講者的體驗感同身受

⑩ 時間提示　「2019 年 12 月，我在那天做了 ××」

適用於各種場合，也可以促使聽者回憶大家熟悉的事件

⑪ 好惡　「我喜歡 ××」「我討厭 ××」

有效表達自己的個性。說「討厭」時，不要忘記考慮聽者的感受

⑫ 引用對話　「×× 先生曾經說過『……』」

具有臨場感的表現手法。話題中有第三者出現，可以提高說服力

⑬ 數字　「六秒一次，就是 ××」

數字可以使人印象深刻，配合語速強調數字，效果更好

⑭ 引用名言　「『××』，是某部小說的開場」

可以給人知性的印象。必須注意與後文的接軌

⑮ 搞笑　「今天上台之前，好幾次我都想要回家」

TED 演講常見的手法，可以有效引發聽者對講者的善意

⑯ 真心話　「其實我本來不是 ××。我是〇〇」

扭轉旁人對自己的印象。先自我坦承，提高聽者對講者的興趣

⑰ 一個詞　「『好奇心』，這就是我人生的體現」

讓聽者留下印象的一個詞或一句話，詞彙的選擇很重要

開場的「17種類型」

一般開場

①招呼問候　「早安」「午安」
表現正面積極的態度。適時停頓，讓聽眾有時間回應問候

②明示內容　「今天我要談談 ××」
最簡單的表現方法之一。×× 的部分用特殊詞彙可以引起注意

③直率感想　「很高興今天有機會跟大家說說話」
緩和現場的緊張感，營造和諧的氣氛。也拉近與聽者的距離

④明示目的　「我今天來，是要改變大家對 ×× 的想法」
預告演講結束時聽者的狀態，藉以表示講者的決心

⑤表達感謝　「今天在這裡，我要向 ×× 表示感謝」
聽者是熟人的時候特別有效。藉著具體的感謝強調誠意

雙向溝通

⑥提問　「大家有沒有思考過 ×× ？」
激發聽者思考，有效促使聽者融入話題

⑦喊話　「知道 ×× 的人請舉手」
讓聽者藉著具體的「舉手」動作，提升參與感。既然要讓聽者參與，就必須設計容易舉手的問題

結語的重點是「意猶未盡」

除了「開場」，談話最後的「結語」，也會因為設計不同，讓談話整體給人的印象完全不一樣。

設計結語的最大目的是，**讓聽者意猶未盡，提升滿足感**。

即使有明確的核心訊息，如果結語草草了之，聽者還來不及回味核心訊息的內涵，談話就結束了，聽者的關心或感動也就此中斷。

BAD

我想說的是，「談吐可以靠努力來改變」。非常感謝大家。

如果好好設計結語：

GOOD

我想說的是，「談吐可以靠努力來改變」。透過這份工作，我見證許多人成功改善談吐。只要有正確的學習方法，每個人都有機會改變。談吐進步了，心態也會變得積極、勇於挑戰。「談吐可以靠努力來改變」。請大家牢記這句話，我也會繼續努力，隨時提供大家學習說話的優良環境。非常感謝大家。

在已傳達的訊息上，添加「結語」，會大大影響聽眾最後的滿足感。讓聽者覺得意猶未盡，能夠提升現場的熱度，創造感動的氣氛。請試著想像，當我們結束談話時，現場是什麼樣的狀態。

我有許多客戶都很困擾「總是很突兀地結束談話」。與「開場」一樣，我分析了多場演講、簡報，歸納出結語的「六種類型」。分別是：①行動・價值觀提案、②引用、③未來預測、④總結、⑤努力宣言、⑥提問。

要讓聽者覺得意猶未盡，組合這六種類型，效果非常好。

結語的「6種類型」

① 行動．價值觀提案

「一起××吧」「請一定要××」

表明下一個行動。把聽者當「夥伴」，強調正面的態度。不過，要避免「你應該 ××」「你必須 ××」這種帶有「強迫語氣」的表現

② 引用

「××說過『……』，我們一定要牢記」

引用他人說過的話，加強自己的主張。引用格言或是偉人的名言，也可以贏得聽者好感。當他們想起引用的句子，也可能回顧自己的主張

③ 未來預測

「如果未來實現××，就可以成為〇〇」「你一定可以成為××」

讓聽者想像自己的主張將實現的「未來」。與其他方法比起來，更容易製造情緒上美好的印象。在商務場合，以「如果引進 ××，就可以成為〇〇」作結，讓聽者對未來充滿期待

④ 總結

「再一次強調，我今天就是為傳達××而來」

幾十分鐘的談話，在結語再一次強調核心訊息，可以幫助聽者理解和記憶。這種結語方式給人果斷豪爽的印象，建議搭配能夠加深印象的設計

⑤ 努力宣言

「我會盡我所能實現××」

傳達自己認真面對的態度。表明自己的決心，也可以強調謙虛或執著的態度，讓聽者想要為講者加油

⑥ 提問

「最後問大家，對於××，你的想法是？」

以提問作結是很巧妙的手法，為聽者保留思考的空間。非斷定式的表現，讓全體聽者「一起思考答案」，也會給人溫柔、謹慎的印象

我舉一個曾經在全國演講大賽實際用過的例子。

我講述自己創業的故事，核心訊息是「希望大家都能積極迎接挑戰」。以下是我在說完核心訊息之後設計的結語。

【未來預測】當一個人積極迎接挑戰，說話會變得溫暖、正向，社會也會因此變得溫暖。當社會變得溫暖，你在面對挑戰時，周圍的人都會支持你、歡迎你。【行動・價值觀提案】請為了所有人，積極迎接挑戰。【努力宣言】我身為創業者，願意將心中的矛盾，昇華為邁向未來的原動力。我想和你一起攜手，實現能夠鼓舞他人心懷大志的社會。

說完核心訊息，先提示實現理想後的未來，然後再一次提示行動・價值觀，重複強調，最後是自己的努力宣言，進一步表達熱誠。

二〇一八年，防彈少年團隊長RM受邀至紐約聯合國總部發表演講。

防彈少年團擔任聯合國兒童基金會的全球大使，為杜絕兒童及青少年暴力計畫「LOVE MYSELF」募款。RM在聯合國總部的演講是這項計畫推廣活動的一環，他的演講以「說出你自己的故事」為核心訊息，鼓勵青少年誠實面對自己的心情。

結語的部分，除了「總結」之外，他的「提問」也令人印象深刻。讓聽者有機會藉此重新思考問題。

【總結】我叫金南俊，防彈少年團的RM。我們是誕生在韓國一個小城市的偶像團體。跟別人一樣，我們的人生中也有許多失誤。雖然有過許多失敗和恐懼，我還是用力擁抱自己，漸漸學會愛自己。【提問】你叫什麼名字？【行動・價值觀提案】告訴我你的故事。

先嚴謹地總結內容，並再一次回顧，加強訊息的說服力；然後藉由提問，讓聽者有時間思考；最後再重複一次核心訊息，提示行動・價值觀，完美地結束演講。

透過精心設計的結語，讓這場演講呈現積極、明亮的氣氛。

重要的是，讓聽者覺得意猶未盡。試試組合這六種類型，找出最能夠鼓舞人心的表現方式，在結語傳達出你的熱誠。

第 3 章

故事

用獨門的「故事」引起共鳴

將歐巴馬推上頂點的「故事」力量

接下來，我們要進入讓核心訊息更有說服力的「內容」部分。

先解說「故事」。也就是訴說自己的經驗。

無論是學生或社會人士，也無論從事任何職業，用故事表達自己的熱誠或信念，都是贏得支持的重要技巧。

美國第四十四屆總統歐巴馬，就是「因為演講而改變人生」。

二〇〇四年，民主黨全國大會，當時歐巴馬還默默無名。

成為美國總統的五年前，他在這場演講中分享自己的人生歷程。

我的父親是出生在肯亞一個小村莊的留學生。少年時代的父親要一邊照顧羊群，一邊在很簡陋的學校上學。（中略）我的父母非常相愛，對這個國家也有著不可動搖的信賴。**他們為我取的這個非洲名字，巴拉克，意思是「被祝福的人」。他們堅信，在寬容的美國，無論什麼樣的名字都不會阻礙一個人的成功。**

他告訴大家自己的根，非洲出身的父親、「巴拉克」這個名字的意義，還有因為美國這個國家的寬大和包容，才有他的存在，而這正是美國最美好的象徵。

這場演講使歐巴馬一躍成為全美知名的政治人物。

如果歐巴馬只是說「美國是個有各種可能性的地方」，那任何一位美國政治家都會。

但這句話又加上歐巴馬的人生歷程，才變成打動聽者的訊息。

這種方法就叫做「說故事」。

說故事，顧名思義，就是訴說自己的故事（經驗）。

史丹佛大學的研究發現，**比起只列舉事實，在談話中加入故事，留在人們記憶中**

的機會將高出二十二倍。

歐巴馬的演講與美國這個國家的前途息息相關，日後回顧他的人生，也必然是一篇壯烈的故事。

平常說話的場合，當然不需要交代所有人生歷程。

不過，為了有效傳達核心訊息，你必須主動「自我坦承」。

對於你所發出的核心訊息，聽者需要知道「由來」。

交代自己過去的行動或經驗，可以增加說服力。

什麼是只有自己才能訴說的獨門故事呢？

接下來，我將解說如何「說故事」，才能引起聽者的共鳴。

每個人都有自己的故事

每當我提及說故事的重要性，總是會收到各種意見回饋。許多人會說：「我的人生平淡無奇，沒有什麼值得分享的經驗。」

這絕對不可能。**每個人一定都有自己的故事。**

我們從誕生的那一刻起，直到今天，一定感受過各種喜怒哀樂。我們從中學習、體會、收穫，發展出現在的人格。

人生中遭遇的好事或痛苦，無論怎樣的小事，都值得仔細回想。

另一個比較多的意見是：「在工作場合講自己的事，實在很難為情。」

這也是個令人遺憾的想法。

ＡＩ技術日新月異，未來將會是比現在更加資訊爆炸的時代，如果不會說「自己的故事」，就不能與他人有所區別。

聽者想要的不是老舊又尋常的資訊，而是**為了認識真正有價值的人或事物，追求「有溫度的資訊」**。

一定要有擺脫難為情的勇氣。

如果你覺得「說故事」的門檻太高，不妨先整理自己的人生故事。我們可以利用下頁的表格，挖掘自己人生中沉睡已久的事件，將它們一一記下來，並寫上從中獲得的體會或價值觀。先不管這些事別人是否有興趣，總之把表格填滿。

表格中的例子是我的故事，礙於篇幅，只是簡單的概要。大家在寫的時候，請盡可能詳細記下來。

小學、中學、高中……這只是簡單分類，經歷過轉職或創業等較大人生轉折的人，可以自行增加出社會後的項目。

自己在哪個時期經歷了什麼，產生了什麼想法，對現在的自己有什麼樣的影響，應該能逐漸釐清。

整理自己的人生故事

	經驗 ⟶	價值觀
小學	例：出生於北海道札幌市。中學考上第一志願	例：競爭環境讓自己變強
中學	例：學力跟不上其他人，高中入學考落榜，失去自信	例：拚命努力也沒有結果
高中	例：認識了演講。被別人嘲笑是無聊的社團，最後參加全國大會，得到冠軍	例：不要在乎旁人的眼光，全心投入才重要
大學	例：到東京上大學。想成為主播，但面試了三十家電視台，都沒有被錄取	例：在既有的名額中競爭，運氣也是必要的
出社會	例：進入DeNA。在人事部發起口語表達培訓計畫。二〇一九年創立KAEKA	例：只要不放棄，一定能實現夢想

整理自己的故事，透過這樣的內省，我們可能會發現自己重視的價值觀，知道自己現在努力工作、認真學習是為了什麼。

這麼一來，就能夠帶著熱情訴說，而不會覺得難為情。

KAEKA的學員中，有許多人藉由整理自己的故事，找到自己投入一項工作的理由，人生也變得更加積極。

「弱點」會變成最強的「優勢」

說故事，還有一個必須注意的重點。

如果不是發自真心，只是淡淡地講述不痛不癢的經驗，是無法引起聽者的共鳴，也不可能贏得支持。

想打動人心，就必須「自我坦承」。

自我坦承，是將自己的煩惱、弱點或強項，原原本本地對別人開誠布公。這是讓大家知道自己人格魅力的關鍵要素。

尤其是「坦承弱點」，懂得坦承自己的弱點，可以引起聽者的共鳴，贏得支持。過去的失敗、自己的過錯、難以啟齒的負面情緒……必須鼓起勇氣才能說出口的事，就是「弱點」。

藝人指原莉乃，就非常懂得坦承自己的弱點。

從二〇〇九年到二〇一八年每年舉辦的ＡＫＢ48「選拔總選舉」，被唱名的團員要上台發表演講。這個一年一度的大型活動，不僅是歌迷，一般大眾也都非常關注。二〇一五年第七次總選舉，贏得第一名的指原，在演講中娓娓道來：

進入ＡＫＢ後，遲遲無法得到中心站位的我，整天都在思考怎樣才能爭取到中心

站位。（中略）想破了頭，也還是沒辦法實現。我乾脆豁出去，決定做我自己。（中略）今年，毫無自信的我，竟然贏得第一名。對自己沒自信的各位，跟我一樣曾經被霸凌、封閉自己、給爸媽惹了很多麻煩的各位，過得暗無天日的各位，我又再一次得到第一名了。

對比於原本應該要光鮮亮麗的偶像這個職業，曾經的痛苦、沒自信，這些**對自己可能是不利的一面，她反而向大眾開誠布公**。她努力不懈，終於爬上頂端的故事，打動了聽眾，這是一場非常吸引人的演講。

需要鼓起勇氣才能說出口的經歷或失敗，是為自己或團隊爭取支持非常重要的要素。

豐田前社長哽咽訴說「脆弱」

「坦承弱點」，不只是在演藝圈，在商業界也能看到很多範例。

豐田汽車的前社長豐田章男的經驗也很值得參考。

二〇二〇年，在疫情期間舉辦的豐田汽車股東大會上。

「生產量或收益不是最優先考量，我只想做出更好的汽車。」豐田章男留著眼淚說出這種異於業界常識的話，還大方坦承自己的弱點：

一路走來，不管是時代潮流也好，豐田汽車的保守主流也好，我所做的決斷，很多都是倒行逆施。在公司裡，社長是「孤獨」的存在。尤其是我，從上任那一天起，就不是受歡迎的社長，在各種意義上，我經常感到「孤獨」。我雖然與潮流背道而馳，卻還是能夠想盡辦法向前行，這都是各位股東的功勞。（中略）最後我想告訴大家，請放心，豐田汽車絕對沒問題。現在的我們，與金融海嘯那時已經完全不一樣了。

他直白地說出「自己不是受歡迎的社長」。

或許有人會覺得：「在股東大會上坦承自己的過錯或失敗，不會有反效果嗎？」站在台上的社長，肩負著事業責任。面對來自股東的壓力，往往要強迫自己扮演「完美的領導者」。

但正因為他毫不掩飾自己的失敗或過錯，堅持努力，才有今天這樣一家好公司。這樣的訊息更有人性。

如果豐田社長只說「好事」，股東可能會覺得掃興：「股東大會上都講這一套。」「總是報喜不報憂。」

勇敢吐露自己的弱點，才能得到聽者的支持：「在這種場合如此坦白，我想支持這樣的人。」「他一路堅持努力，真的很難得。」

在人前說話時，我們都希望自己更體面，演講的場合更是如此。換句話說，我們往往都傾向以成功故事為基調，用正面的詞彙強調「優勢」。

但是，聽多了功績或自我吹噓，聽者不會產生共鳴或支持的意願。

反倒是聽到這些「丟臉」「難為情」「需要鼓起勇氣才能說出口」的事，我們才會去關注說話者的人格，或是產生共鳴、想要支持的心情。

坦承弱點之所以有效，因為那是只有說話者自己才能訴說的故事。

獲得社會高度評價的好事、功績、強項，可能已經有表揚活動或相關數據流傳。很多資訊聽者都已經知道了。

只有本人才知道的弱點，那正是說話者自己的故事。

弱點要搭配「決心」和「成果」一起說

只是單純訴說弱點並沒有效果。

除了坦承弱點，表明「決心」和「成果」也很重要。

以指原莉乃為例：

「弱點」：無法得到中心站位，毫無自信

「決心」：決定做我自己

「成果」：贏得第一名

以豐田章男為例：

「弱點」：與時代潮流或豐田汽車保守主流都背道而馳，不受歡迎

「決心」：想盡辦法向前行

「成果」：讓股東安心的豐田汽車

自我坦承固然重要，但如果通篇只顧著訴說自己的脆弱，整段談話可能就在陰鬱的氣氛下結束。

想要透過談話達成的目的，**一定要加上自己或團隊克服弱點，努力向上的故事。**這樣才算是充分利用「坦承弱點」，完成吸引聽者的談話。

有了「坦承弱點」的觀念，之後再遇到任何不順利或失敗經驗，都可以拿來當作「話題」。

這就是搞笑藝人圈裡說的「哏」。

我們公司的員工常常說我「把任何負面經驗都當作演講的材料」。沒錯，我希望大家都懂得好好珍視自己才有的弱點。

「強項」要搭配「運氣」和「感謝」一起說

還有一種自我坦承，是「坦承強項」。

所謂「強項」，是指過去的輝煌經歷、自己引以為傲的優勢、亮點等。這些也是讓談話達成目的關鍵要素。

我在指導學員或客戶時，經常遇到不好意思多聊自己的人。擔心自己的強項說得太多，會被認為是沉醉在過去的輝煌經歷，或是自吹自擂。這樣其實很可惜。

我在做自我介紹的時候，都會提到「曾經得過全國演講大賽三次優勝，還獲頒內閣總理大臣賞」。自己說出這些經歷，確實要非常小心，弄錯一步，就會變成像是在炫耀。

訴說自己的「強項」時，必須留意要保持平衡。

最簡單的方法是，搭配上一節說明的「弱點」。

我會這麼說：

> 當時，【弱點】我功課不行，也沒有特別想做的事，我的學生生活只有煩惱。【強項】但自從我認識了演講，學習了說話技巧，我的人生完全改變了。

這樣的敘述，會讓聽者覺得這個人原本也是一無所長，吃盡苦頭，才找到演講這條路。

也有把焦點放在「運氣」或「感謝」的方法，強調現在的一切都不是自己一個人的功勞。

> 【強項】我之所以能夠在演講大賽獲得優勝，並不是因為我能力好，【運氣】只是偶然接觸到一般不

> 太有機會去探究的「說話學習法」。在工作方面，看似成果亮眼，其實也只是競爭者非常少的緣故。所以，【運氣】我只是運氣比較好而已。

把全國優勝歸功於「只是運氣好」，在詞彙上收斂自己的能力。

當然，我為了獲勝也是不斷地努力，但偶然接觸到說話學習法，或是剛好選擇演講這個競爭者非常少的賽道，也確實是「運氣好」。這絕對不是謊言。

訴說強項的同時，強調成果並不是自己一個人的功勞。表現出這樣的態度，即使內容說的是自己引以為傲的事，聽者也不會覺得刺耳。

指原莉乃的「強項」讓攝影棚一片嘩然

我們再以指原莉乃為例，她強調粉絲是「夥伴」，也很有巧思地訴說自己的強項。

二〇一六年的選拔總選舉，指原莉乃第三次獲得第一名，這是過去任何一位人氣成員都未曾達到的成果。我們來看看當時她的演講：

> 恕我冒昧，我要拜託大家一件事。【強項】這個第一名，我已經拿第三次了。拜託大家，承認我是第一名吧。許多人說我是靠緋聞賺錢，靠緋聞上位。（中略）【感謝】不過，我跟歷來拿第一名的團員一樣，都是靠粉絲們一路支持。所以，我拿第一名不是理所當然。我拿第一名，【感謝】是我的粉絲們，力挺再力挺，把我挺上第一名。我非常感謝。拜託大家，真心對我說一聲「恭喜」。

她說自己已經第三次拿第一名，直率地請求粉絲認可。

當「承認我是第一名吧」這句話一說出口，引起攝影棚內的藝人們一片嘩然。

她繼續說，這都是因為有粉絲們力挺，才有這樣的成果。

當然，要獲得認可，需要有壓倒性的成果作為前提。不過，從「我是第一名」到

「都是粉絲的功勞」，她的演講，讓藝人與粉絲連成一體。

這樣坦承強項，是很高明的手法。

除了「運氣」和「感謝」以外，「未來」也是很適合與強項一起訴說的主題。

我的客戶有許多經營者及政治家，他們經常要強調自己達成的實績。

例如：「手機遊戲××用戶已突破一百萬人。」「××市終於實現營養午餐全額補助。」我指導他們，除了強調已經達成的實績，還要搭配未來的願景：「今後也會努力完善○○，讓用戶更加滿意。」「這項政策是××市的第一步，未來我們還要實現○○。」

述說自己的強項時，請記得，不能「只說」強項。

以千葉佳織為例：

「強項」：在演講大賽獲得優勝

「運氣」：只是因為偶然接觸到說話學習法，並且認真學習

以指原莉乃為例：

「強項」：三次贏得總選舉第一名

「感謝」：都是因為有粉絲們力挺

強項搭配弱點或感謝，還有未來的計畫一起訴說，就能夠更有效地傳達。

向芥川賞作家學習「描寫」的力量

我出社會的第一份工作，就是在 DeNA 公司。

DeNA 旗下有各種事業，除了電玩，還有職棒、健康管理、直播商務等，是一家提

供豐富內容的大型新創公司。我當時隸屬在小說投稿網站的企畫部門。

這個網站是提供給一般用戶投稿小說的平台，受歡迎的作品受到出版社青睞，就有機會出版成書或動漫，是一個大規模的事業。

我當時的工作，是企畫能激發用戶寫作動機的活動。其中有個活動是邀請作家石田衣良來為用戶指導寫作。

沒想到，上司一聲令下，叫我也寫一部小說。我一方面是專案小組的成員，一方面也實際參加活動，接受石田老師的指導

那次的寶貴經驗，讓我學到一件事：**一個吸引人的故事，是從鉅細靡遺的「描寫」中誕生。**

「情景的描寫要更深入。」

「看見什麼？感覺什麼？這些描寫都還不夠。」

寫作的過程中，我一直受到這些指正。

描寫人性的糾結、汙穢的部分、痛苦的部分，能夠引發共鳴，讓人萌生想要支持主角的心情。

實際寫小說，並且接受小說家，也就是「說故事」專家的指導，我深深體會到「描寫力」的重要性。

我根據那次的經驗，從「談話」的角度，以自己的方式重新解釋和建構，針對故事的「描寫」，歸納了三個重點。

那就是「時間軸」「五感」和「情緒」。

以下將一一解說。

以「時間軸」表達深厚情誼

第一項是「**時間軸**」。

只描述某個時間點發生的事，聽起來平平無奇。

設定幾個時間軸，順著時間演進，轉變場景，可以更清楚傳達事物的變遷，故事會更有層次。

前首相菅義偉在安倍晉三的告別式上致哀悼詞時，就利用了時間軸來轉變場景：

（安倍過去曾因宿疾辭退總理之職）我記得您因為內疚，對於二度出馬競選自民黨總裁一事猶豫了好久。最後我們兩人在銀座的燒鳥屋，我一直對您勸進。因為那就是我的使命。三個小時後，您總算點頭了。

只描述某個時間點發生的事，例如：「為了請您出馬競選總裁，我努力勸進，您終於首肯。」這就不是「故事」，只是「某次經驗」而已。

「對於二度出馬競選自民黨總裁一事猶豫了好久。」

「最後我們兩人在銀座的燒鳥店，我一直對您勸進。」

「三個小時後，您總算點頭了。」

利用三個時間軸，強調安倍出馬競選總裁這個決心的分量，以及菅義偉自己的覺悟。兩人一起度過的「時間」，更充分表達了兩人的深厚情誼。

一般來說，三個時間軸比較容易操作。

將要描述的經驗，分成前、中、後三個階段，這也是比較普遍的做法。

運用這項技巧時，可以配合話題內容，增減時間軸的數量。

可以設定幾小時做一個區隔，也可以設定相隔幾天或幾年。相隔的時間也不必完全相同，設定「一週前・當天・三天後」，或是「十年前・當天・一小時後」，都沒問題。

請試著為印象深刻的事件加上時間軸。

描寫「五感」，讓敘事變立體

「**五感**」的描寫也是很重要的要素。

視覺、聽覺、嗅覺、味覺……在談話中，加入五感的描寫，讓聽者更容易想像情境，進入故事之中。

我們再來看看繼菅義偉之後上台的前首相野田佳彥，他的追悼演講。

他在演講中提及與安倍的關係：

在眾議院解散總選舉中落敗的我，以前總理的身分在皇居與您進行交接儀式。作為黨內的前後任，理應談笑不斷，但畢竟是競爭後的勝者與敗者同處一室，房間裡安靜得可怕，我倆之間只有尷尬與沉默。試圖改變這沉重氣氛的，是安倍先生。您走到我身邊，用開朗的語氣對我說：「辛苦了。」

「安靜得可怕」，彷彿能從聽覺感受到當時的氣氛，「走到我身邊」也有視覺效果。

像這樣**加入五感的描寫，對聽者來說，即使是沒有親眼見到的場面，也好像親臨現場一樣。**

以我指導過的客戶來說，許多人表示視覺和聽覺比較容易表現。

「**視覺**」是場所的樣子、現場的人臉上的表情、動作等，一切「眼睛可見的資訊」。

「**聽覺**」則包含當時在現場的對話、對方說話的音色、背景音樂等。

另一個比較容易表現的是「**觸覺**」，穿著衣服的觸感、手持東西的重量等，都屬於這類。

「觸覺」的描寫，可以選擇暗示說話者情緒的物品。小說常常利用這個手法，例如，「手裡拿著三百頁的參考書，感覺卻比平常沉重許多」，暗示後續發展可能不樂觀。又例如，「我輕輕地撫摸小狗」，傳達珍視小狗的心情。

最難的是「**嗅覺**」和「**味覺**」。如果沒有特別的經驗，可以不必勉強帶入，但如果有記憶中的氣味或滋味，也是凸顯故事的重要要素。

嗅覺的描寫，例如工廠裡強力膠的氣味、美容院裡淡淡的玫瑰香氣等，可以表現場所的氣氛。還有烤地瓜散發的熱氣裡有甜甜的香味。與食物有關的狀況，都很適合加入嗅覺的描寫。

味覺，當然是指對食物滋味的感覺，也可以描寫飲食的行為或口腔的狀態，例如，「嚥下口水」，讓人想起緊張的場面。「加班到深夜，吃了一碗很鹹的泡麵」，生動地傳達努力趕工的樣子。

一般人可能會覺得，五感的描寫，只能運用在訴求感性的演講或簡報。但是，讓聽者想像真實的情景，藉以打動人心，這在商務場合也很有幫助。

例如，銷售不動產的場合：

GOOD

距離物件徒步兩分鐘的××公園，每到週末，【視覺】四處可見出遊的家庭，【聽覺】孩子們的歡笑聲不絕於耳。秋天盛開的桂花尤其有名。我也曾經在秋天去××公園，【嗅覺】桂花的香氣讓人心曠神怡。另外，由於周圍沒有高樓，不會有風洞效應，整年都是【觸覺】和風吹拂，是孩子們可以盡情玩耍的環境。

可以這樣運用。比起一直說「強力推薦」，更能打動人心。

純粹的「情緒」，因為簡單所以有力

再來是「**情緒**」的描寫。

「高興」「傷心」「生氣」「驚嚇」等，直率地將心情轉化成語言，傳達出去。

前面介紹過前首相菅義偉和野田佳彥的演講，有幾處都是直接表現情緒。

菅義偉的部分如下：

除了悔恨還是悔恨，我在悲傷與憤怒的情緒交錯之中迎來今天。

（勸進安倍出馬競選自民黨總裁）我，菅義偉，這件事是我人生中最大的成就，我永遠引以為傲。

野田佳彥則是提及安倍在親任式對他的勉勵：

當時的我還不夠從容，無法坦率接受你的善意。

「悔恨」「憤怒」等露骨的情緒表現，聽者可以直接感受到本人的心情。「引以為傲」「不夠從容」，同樣是直接把情緒傳達給聽者。

將自己心裡的想法、情緒，直接轉化成詞句，是口語表達非常重要的一環。

講究效率的人，可能會認為表達情緒沒有必要。甚至還有說話不帶情緒的人。不過，從字詞的發音，其實就可以聽出情緒。

「高興」一詞聽起來就有開朗的氣氛，「悔恨」聽起來就像是鼓起勇氣才說出口的感覺。

這就是聲音比文字更有真實感的關鍵。

此外，隨著時間軸的變化，情緒也會變化，這些都可以善加運用在話題的起承轉合之中。人物的心情變化，就是一個故事。

下頁的表格，提供給大家實際練習「時間軸」「五感」「情緒」的描寫。

縱軸的七個欄位分別是「事件・狀況」「五感」「情緒」，橫軸則是「時間軸」。

時間軸與五感、情緒的描寫練習

	時間軸1	時間軸2	時間軸3
事件・狀況	例：活動前一週	例：活動當天	例：活動隔天
視覺			
聽覺			
嗅覺			
觸覺			
味覺			
情緒			

先想好要說的事件或狀況，設定前、中、後三個時間軸。如同前述，時間軸的間隔不一定要相同。表格中「例」的部分，是假設要講述某次活動的經驗，時間軸設定在活動前一週、當天、隔天。

決定好事件和時間軸之後，就在相應的欄位寫下當時的「五感」和「情緒」。挖掘記憶中的感覺、情緒，盡可能詳細寫下來。最好所有欄位都能填滿。

填好之後，從中挑選幾個出來組合，寫成文章。

每個時間軸的「五感」和「情緒」挑出三個左右，再依照時間軸的順序，應該就可以完成一篇充滿豐富描寫的講稿。

描寫力是為傳達我們的心情、想法非常重要的技巧。請大家參考這個表格，善加運用。

第 4 章

事實

「認同感」取決於如何運用「事實」

聽者無法置身事外的「事實資訊」

第三章解說了談話內容的「故事」。

第四章，我們來看與故事成對比的「事實」，以及運用手法。

「事實」指的是「事實資訊」。

具體的功能、數據、社會背景等，不是自己的經驗或感想，而是「誰看都一樣」的資訊。

人是「社會性動物」，我們每天的工作和生活，都與整個社會有密切關係。我們想達成的目標，如果是工作，大多也是為了讓組織或社會變得更好的行動。

無論故事說得多麼熱切，都只是說話者自己的見聞，聽者不一定能夠代入其中，感同身受。「僅代表個人意見」的談話，別人可能聽不進去。

「我想實現的事，為什麼是現今社會需要的」，加入事實，讓聽者理解這件事與自己息息相關，無法置身事外，進而產生認同。

即使說話者自己不是當事者，但這件事是攸關全體社會，或是全球關注的焦點，那也屬於事實的範疇。

善用事實，能使談話清楚明快，提升聽者的認同感。

讓「自己」與「社會」接軌

我的客戶中，有從民間企業或個人事業轉而參政，也有第一次參選，剛成為政治家的人。他們最迫切需要的，就是談論社會性話題的能力。

隔行如隔山，在講求眼明手快的政治界，這些人儘管有滿腔熱誠，卻無法深入談論選民的需求，甚至經常被質疑「功課做得不夠」，小看了政治圈。

某位年輕議員帶著這樣的困擾來找我諮詢：「當我發表遠大的願景，支持者卻說我不懂現實。」

我陪他盤點迄今為止以議員身分參加的活動，練習如何簡單明瞭地講述事實資訊或已經實現的政策。

除了政策的名稱或定義，還有施行這項政策的背景，也就是發生的社會問題，以及具體數據，包括歷經的時間、規則的變化、制度的產生、受惠人數……等。

對議員本人來說，就算這些都是理所當然的資訊，然而，「確實掌握資訊」與「能夠侃侃而談」是完全不同的事。政策的結構、執行的過程、背景、具體成果等，他都沒能成功地傳達。

對於事實資訊，要如何賦予價值、依照什麼順序、使用什麼數據，才能讓聽者更容易理解，我們一起篩選內容，修正日常慣用的詞彙，反覆練習，直到能夠適切地闡述。

結果，支持者的反應有了巨大變化：「你終於能用自己的話闡述願景了。」「我了解到你非常努力想要使地方和國家更好，太帥了。」

加入數據資訊或過去發生的事實，你的「想法」或「願景」會更有說服力。

說話者自己也會因為引用事實資訊，說話更有自信，「這不是我自己一時興起，而是對社會非常重要，應該要做的事。」

「故事」可以引發熱誠和共鳴，「事實」帶來的就是信賴與認同。

提示社會背景，提升談話的「正確性」

事實資訊其實有各式各樣，以下介紹幾項談話時可以運用的重點資訊。

首先是「**社會現象**」。

平時多關注新聞是很重要的。以社會上發生的事作為談話的基礎，自然會產生信賴感。

雖說如此，在各個領域不斷發生新事件的現代社會，要對一切瞭若指掌，全部都能侃侃而談，幾乎是不可能的事。

重要的是，能不能了解適切的資訊，並且在適當的時機加入談話之中。

我們可以蒐集與自己的工作或經常談論的話題相關的新聞、數據和社會現象等。

例如，我會隨時關注與「說話」「表達」和「學習」相關的新聞：

・「說話」主題書《頭腦好的人說話前思考的事》是日本二〇二三年的年度暢銷商業書第一名。

・政府宣布將擴大再培訓的補助預算。針對個人再培訓，政府將投入「五年一兆日圓」。

．電信公司ＫＤＤＩ日前發生大規模通訊故障，高橋誠社長召開記者會。大約兩小時的記者會，高橋社長自始至終都表現得非常冷靜，思路清晰，面對記者的提問無不詳盡回答，直到沒有人再提問。網友紛紛表示肯定。

平時就關注時事，再適當地加入談話，便能使自己的主張更有說服力。

例如：「在國家政策推動再培訓的時代，商務人士更需要重新學習表達。」或是「懂得說話，能使危機化為轉機。因此，說話的訓練非常必要。」

我也可以強調現在經營的事業正是順應時代潮流。

與熟知自己工作的圈內人對話，若沒有一定程度的知識，就無法獲得對方的認同。如果是與圈外人對話，對方當然也會期待我們非常熟悉這個領域的話題。

因此，為了提升自己給人的信賴感，以及談話的正確性，對於自己的專業領域，我們要隨時掌握相關新聞和趨勢。

在網路上用關鍵字搜尋，也可以獲得不少資訊，不妨從自己最常討論的話題搜尋看看。

留意是否為「最新」資訊

蒐集社會性資訊時，必須留意「新鮮度」。

如果都是些舊資訊，用「大家都知道」或「大家還記憶猶新」來交代過去，而沒有更新內容，聽者可能就沒興趣再聽下去。

加入最近發生的事件，花點心思更新時事的新鮮度是必要的。

當然，資訊的新鮮度與社會性意義並沒有必然關係。

舊資訊也不是完全沒有意義，相反的，強調「積習已久」也可以是這項資訊的價值。

一個事件的新鮮度能保持多久，取決於它有多大的影響力。

無論如何，著眼點必須是「聽者的感受」，這是我一再強調的原則。

我幫助過許多人改善談吐，有些人自然而然地就能將自己與社會接軌，侃侃而談。但也有些人完全做不到，需要刻意練習。

編入社會性要素，也包含掌握社會潮流或流行資訊。

對於需要解讀潮流，銷售潮流性商品或服務的人，以及需要掌握社會動態，取得領導地位的人，這是必備的技巧。

設定「問題」，找到「數據」

談話時可以運用的另一項事實資訊是「**數據**」。

商場上，經常可以聽見「用數字說話」這樣的說法。

數字是世界共通的指標。聽到一個數字，每個人都可以想像相同的數量。

談話時加入數據，可以給人「說話公正」的印象。

自己參與過的事件或調查過的資訊，通常都有明確的數字可以展示。如果沒有的話，也可以進一步挖掘，找出數字，讓談話更有說服力。

BAD

世界的頂尖菁英們都非常重視「談吐」。例如，歐巴馬就有專屬的撰稿人。

這樣的事實資訊雖然沒有什麼不好，但最好還是能補充點具體的情報。

例如，歐巴馬從什麼時候開始聘用專屬的撰稿人？有幾個人？修改幾次講稿？設定一些問題來搜尋，就能找出各種數據。

GOOD

世界的頂尖菁英們都非常重視「談吐」。例如，歐巴馬總統在上任前的二〇〇七年，就開始聘用專屬的撰稿人。據說他在任期間，二〇一一年夏季時，有多達八位專屬的撰稿人，每次演講，講稿都會修改十五至二十次。

如此一來，資訊的密度便增加不少。

歐巴馬有多麼重視「談吐」？從聘用撰稿人的時間、人數、修改講稿的次數等，加入具體的數據佐證，就更有說服力了。

還有，「歐巴馬有『多達』八位專屬的撰稿人」，強調這個數字，可以吸引注意。通常聽到「專屬的撰稿人」，大概會想像頂多是一位專家。我們假設聽者也是同樣的想法，那麼，「八位」這個具體數字，就是一項驚人的資訊，讓聽者對於撰稿人的存在與談吐的重要性有更深刻的印象。

「深入挖掘事實」取得數據資訊

數據資訊不一定都搜尋得到。這種時候，我們也可以從自己的觀點切入，找出數據，讓表達更豐富。

例如，KAEKA有一名員工的自我介紹是這麼說的：「中學時期我就很喜歡看演講的影片，現在也是。」

我要求他：「可以數數看，到目前為止看了多少場演講嗎？」

他找出瀏覽紀錄，發現光是大學時期研究過的演講，就超過一千場。

現在他的自我介紹改成：「從中學時期開始，我看了超過一千場演講的影片，現在仍然繼續思考，到底是什麼打動了我。」

他自己挖掘找到的數據，加強了說服力。

就業或轉職時的自我推薦，也可以運用相同的思維。想想看自己做過的事，能夠具體描述到什麼程度。

不是每個人平時就會留意自己的努力有什麼數據可以補充說明。透過提問，找出明確的數據，我們的表達方式也會不一樣。

利用「提問」，深入挖掘事實，可以大幅加強數據資訊的威力。

我將數據資訊分成三種類型：「過去實績」「社會背景」和「未來宣言」。以下舉例說明，讀者可以試著分析自己平時比較常用哪種類型的數據，並加入新的用法。

過去實績：

・KAEKA股份有限公司：輔導超過五千人，創業五年，早期階段獲得融資一．二億日圓，員工人數比去年增加三倍

・千葉佳織：全國演講大賽三次優勝，二〇一三年慶應義塾大學總合政策學部入學，二〇一七年加入DeNA，第二年調動至人事部，發起演講專案，二〇一九年創立KAEKA

社會背景：

・根據國立國語研究所調查，日本人平日平均說話時間為六．一小時

・大學「綜合型選拔」入學人數，自二〇一七年至二〇二二年，五年間增加了四一％

・二〇二二年秋季，政府宣布針對個人再培訓，將投入五年一兆日圓

・年度暢銷商業書排行榜中，「說話」主題書連續十年進入前十名

未來宣言：

・年營業額成長率二〇〇％以上，員工人數增加三倍以上，媒體刊登數一百五十件以上，三年內獲得融資十億日圓以上

這三種類型的數據，各有不同的效果。

例如，用數據闡述自己過去的實績，給人講者非常努力，對於自己或組織累積的成果很有自信的印象。聽者容易產生扎實的信賴感。

舉出社會背景相關的數據，因為也與聽者有關，容易產生共鳴。向聽者提供有益的資訊，也會給人睿智與深思熟慮的印象。

未來宣言的性質與單純的事實資訊不同，而是「從事實資訊預測未來的可能性」。提示具體的數字，是講者對自己施加的壓力，藉此表達「一定要完成」的熱誠。

你是要呈現真實感，還是傳達影響力？
不同的「數據資訊」，能給予聽者不同的印象。

「具體」與「抽象」穿插找出最佳方案

加入數據資訊，可以「增加具體性」。
口語表達，在性質上有非常多「憑感覺」的資訊傳達。如果能說得越具體，講者與聽者心裡設想的狀況就會越一致。
所以，內容的具體性越高越好。
不過，如果整段談話都是具體的內容，只是羅列情報，那樣又會太過生硬。
所以，配合狀況，穿插一點抽象的表現，會比較容易傳達。

抽象的內容，是開放給聽者自由解釋，聽者反而容易將自己代入。

談話的內容要偏重具體或抽象，思考怎麼搭配比較適當，找出最容易傳達的組合。

照著投影片朗讀，簡報就完了

大家有沒有見過這樣的場面。

業務員拿著準備好的資料，一字一句念出來。發表會或徵才說明會上，講者在台上，照著投影片朗讀，連小字都不放過。

講者專心地按照順序，由上往下念出每一行文字，完全沒注意到聽者已經厭倦的表情。結果還大幅超出預定的時間，雙方的時間都白白浪費了。

拿著資料做說明時，或是利用投影片做簡報時，許多人都是不假思索，照著念上頭寫好的事項。

我想，他們應該是認為手上的資料已經有好幾個人審閱過了，資訊完全正確，都是事實。

但是，「說話」如果不懂得取捨資訊，只是把所有事實都說出來，別人根本不知道重點是什麼，也無法理解。

書面詞彙的淺顯易懂，與口語詞彙的淺顯易懂是完全不同的兩回事。只會拿著資料照本宣科，是非常可惜的事。

對於事實資訊，哪裡需要刪減，哪裡需要保留，懂得取捨非常重要。

我們必須思考這些資訊與核心訊息的關係。

保留能成為核心訊息根據的部分，並積極刪減不影響整體性的部分。

我們來看看以下的施政簡報：

BAD

作為育兒補助強化政策的一環，我們將推動營養午餐全額補助。××市二〇二四年度營養午餐費為每人每月四千八百八十日圓，年總額為五萬八千零八十日圓。二〇二四年度市立中小學合計人數為六千四百二十一人，經過試算，營養午餐全額補助需要約每年三億七千萬日圓。目前，編列給地方公營企業的特別預算約一年四億日圓，只要編列同等預算，可望實現營養午餐全額補助。在國家的「育兒補助強化政策（試行辦法）」中，也為落實營養午餐費全額補助，針對營養午餐實施率及家長負擔減輕政策等，調查實際情況，彙整相關問題，今後將根據國家政策動向，積極推動營養午餐費全額補助。

簡報提示了具體數字及政策名稱等事實資訊，但聽者應該無法理解或記住所有的資訊。

這裡的核心訊息是「可望實現營養午餐全額補助」，傳達時只需要保留不可或缺的事實即可。

GOOD

我們將推動營養午餐費全額補助。從目前的學童人數進行試算，全額補助需要約每年三億七千萬日圓。若確保財源，可望營養午餐費全額補助。國家也為落實營養午餐費全額補助，彙整相關問題，今後將根據國家政策動向，積極推動。

只保留一年需要多少經費的數字，刪減試算內容。國家政策的正式名稱在這裡也沒必要提示，只傳達「國家也正在推動」。

即便是事實，與核心訊息無關的內容，基本上都可以刪除。

配合狀況，選擇必要的資訊，做出適切的編排，才能提升聽者的認同感。

不要因為認為這些都是「事實」，便停止思考。**判斷事實對自己想達成的目的是否必要，聽者是否容易接受，這些都需要仔細評估。**

故事×事實，組合出自己的意見

故事×事實＝「原來如此！」

我們在第三章解說「故事」的重要性，在第四章解說「事實」的重要性。故事是「根據自己的內部資訊」，事實則是「根據事實的外部資訊」。

故事：內部資訊，主觀，只有自己才能述說　↓產生共鳴

事實：外部資訊，客觀，每個人看到的都一樣　↓容易理解

讀到這邊的讀者，應該已經了解這兩者的重要性。

前面章節也提過，只有故事或只有事實，我認為並不足以說服聽者。

要提升說話的說服力，真正讓聽者完全認同，說出：「原來如此！」就必須**組合能產生共鳴與熱情的故事，以及能贏得信賴與認同的事實**。

組合「故事」與「事實」，再根據狀況調整比重，才能有效傳達給聽者。

例如，一篇介紹 AirPods Pro 的講稿。

只偏重故事的講稿就像這樣：

我要推薦 Apple Airpods Pro。我經常在咖啡廳工作，有時候想要集中精神，卻聽到鄰桌客人聊天的內容很有趣，不知不覺就分心了。如果為了不聽見人們講話而調大音量，又會擾亂專注。AirPods Pro 的耳機柄有一個按鍵，按下後，就能隔絕外部聲音，我像是進入異世界般，完全聽不見其他聲音，可以專注工作。

這篇講稿的主要內容是：

・經常在咖啡廳工作，想要集中精神

・鄰桌客人聊天的內容很有趣，不知不覺就分心了

・如果為了不聽見人們講話而調大音量，又會擾亂專注

・像是進入異世界般

強調 Airpods Pro 高品質的降噪功能，是從講者自己的習慣，以及經常遇見的困擾，內心的糾葛和感覺等描寫。

如果只偏重事實，又是怎樣呢？

以下是網路上搜尋到的事實，以及 AirPods Pro 說明書上的數據和功能：

・全系列年出貨量達九千萬件

・降噪軟體以每秒四萬八千次的速度降低噪音
・外向式麥克風會偵測外部聲音，消除環境噪音

只利用事實資訊寫成的講稿，就像這樣：

我要推薦 Apple Airpods Pro。它的特徵是高品質的降噪功能。外向式麥克風會偵測外部聲音，消除環境噪音。降噪軟體竟然能以每秒四萬八千次的速度降低噪音。廣受市場好評，去年全系列出貨量達九千萬件。

整篇講稿感覺中規中矩。

接著，再試著組合故事和事實：

GOOD

我要推薦 Apple Airpods Pro。【事實】這款全球熱賣的商品，去年出貨量達九千萬件。它有非常高品質的降噪功能。【故事】我經常在咖啡廳工作，有時候想要集中精神，卻被鄰桌客人正在聊的話題吸引，不知不覺就分心了。如果為了不聽見人們講話而調大音量，又會擾亂專注。AirPods Pro 的耳機柄有一個按鍵，按下後，就能隔絕外部聲音，我像是進入異世界般，完全聽不見其他聲音，可以專注工作。【事實】Airpods Pro 外向式麥克風會偵測外部聲音，消除環境噪音。降噪軟體能以每秒四萬八千次的速度降低噪音。先進的技術實現了最棒的專注體驗，在此推薦給大家。

這份講稿兼具扎實的事實資訊和熱情的個人資訊，從各種視角說明商品的魅力，一舉提升了說服力。

配合聽者，調整平衡

故事和事實的組合，也不是兩者分量平均就好，比重沒有絕對的正確答案，必須視狀況調整。

我平常以公司董事長的立場說話時，也會依狀況改變使用的資訊。

例如，到企業演講時。

我經常受邀到企業演講，對公司的管理層或業務員傳授說話的技巧和重要性。我會先對客戶公司的總務部或人事部做調查，了解他們的需求。我發現，他們都很期待「員工有學習的意願」。

要滿足他們的期待，光解說技巧或方法是不夠的。「我為什麼創立這項事業」「曾經遭遇什麼困難」「是什麼樣的成功體驗，使我相信現在的價值觀」，我以這些作為演講的主要內容，然後再帶入實踐的方法。

「我因為學習說話，開拓了人生」，我分享了許多自己的故事，感性地傳達學習的重要性。事後的問卷調查經常會收到寫著「很感動」的回饋。

又例如，向外部投資者爭取融資的時候。

投資者都很重視邏輯思考。他們想知道的是「這項事業已經達成的實績」，或是「從數據預測未來的發展性」。

所以，進行簡報時，我不僅要闡述事業的使命和願景，還要加入大量的事實資訊，包括KAEKA學員的背景及屬性、市場規模、企業定位、以月為單位的學員人數成長等，都必須製成圖表，用數據說話。

最後也成功爭取到融資。

我想，如果我只訴求對事業的熱誠，一定沒有辦法實現這件事。面對投資者，一定要增加事實的比例，才能說服他們，讓他們更理解這項事業的魅力。

先了解自己的屬性

在構思故事與事實的組合時，我們必須先了解自己的屬性，是重視故事，還是重視事實。

我的客戶中，有一群追求願景的領導者，這些人格特質強烈的經營者、政治家、管理職、服務業、娛樂界、藝人等，他們重視與群眾分享感覺，基本上都是愛說故事的人。

另一群追求速度的經營者、政治家、管理職、諮詢顧問、工程師、投資者等，這些人從事重視邏輯思考的工作，談話大多以事實為基礎。

我們必須先了解自己平時的談話偏向哪種類型，才能從聽者的角度客觀檢視。

重視故事的人，可以更積極加入事實。而重視事實的人，也應該嘗試帶入故事。

就像你重視其中一方，別人也各自有他們重視的部分。

故事與事實兩者都能運用自如，再配合聽者選擇適當的資訊，你說的話就能比現在傳達給更多的人。

再補充一點，配合對方調整說話方式，並不是要扭曲事實，我們只是換個切入的角度，更有彈性地表達自己的意見。

為此，我們必須先認識自己，了解自己在表達上有什麼樣的偏好。

以先前介紹 AirPods Pro 的例子來說，故事與事實，哪一種介紹會讓你想要購買或使用這項商品呢？或許從中就能看出你的偏好。

先了解自己的屬性，再學習原本比較少接觸的表達方式，靈活組合兩者，就能成為有效傳達的最強武器。

追求「自己存在意義」的時代

ＡＩ技術抬頭的時代，大家都說要「用自己的頭腦思考」。掌握故事與事實的觀點，靈活組合兩者，是這個時代至關重要的能力。

這也是擁有自己的意見，並且能夠清楚表達意見的能力。

這裡所說的「意見」，是指在各種場合發言，例如，根據公司的營業數據指出事業的問題所在、在大學社團提出活動企畫、從專家角度評論業界時事等都是。

共通的重點是，「**找出自己存在於這個場合的意義**」。

當我們為了某個目的採取行動時，必須一邊探索答案，一邊前行。

蒐集過去龐大的案例，給出最大公約數，這是ＡＩ的強項。但是，當我們走在沒有正確答案的道路上時，人的「意見」不可或缺。

推動新的計畫、維持團隊的人際關係、完成社團的某項活動，這些靠團隊進行的生產性行動，如果沒有彼此交換意見，找出最佳做法，是無法成立的。

面對眼前的各種狀況，自己的想法是什麼？是否按照邏輯整理得當？情緒上或感覺上什麼是最重要的？

綜合以上要素，表明「你的切入點」，給予聽者新的思考方向，才能拓展思維，將事物向前推進。

表達意見，就是表明自己的「立場」。

有意見，才能主動出擊。

靈活組合故事與事實，才能使你的獨門見解贏得聽者的認同。

第 5 章

修辭

贏得聽者支持的「一句話」

引用「對話」，提升說服力

前面為大家解說了口語表達的構成、故事與事實。

相信大家已經理解，說話時，應該採取什麼順序、加入那些要素。

第五章要談的是「修辭」，我將解說如何選擇詞彙，讓表現更加多樣、豐富。

無論是長篇的演講、簡報，或是會議上發言、討論等，都可以運用這些技巧，請大家務必嘗試看看。

「說話」這個行為，基本上是依據自己的意志、決定，從自己的視角發言。

包含故事與事實的平衡、選擇什麼資訊，都是以「自己」的思考為基礎。從一個人的視角展開話題，難免會覺得不安，覺得立場有點薄弱。

想讓說出口的話更立體，我們可以「帶入自己以外的視角」。這個方法就是，引用

「對話」。

這裡的「對話」，主要是指「別人的發言」。

為了補充、強化你要傳達的內容，可以引用「其他人也曾經這麼說過」，會更有說服力。

你的主張因為有「複數的意見」而有了底氣，聽者也有了繼續聽下去的意願。

例如，常有人問我：「學習說話能改變什麼嗎？」

如果是閒聊，我會給對方看一些數據資料，還有學習前與學習後的影片。然後告訴對方：

GOOD

有位經營者告訴我：「經營公司十五年以來，直到我接受指導後，主持公司大會時，第一次感受到把全公司凝聚起來了。」

GOOD

有位學員以前曾經因為在人前說話時太緊張，導致過度換氣而暈倒，上完課後，他說：「現在我已經有面對大家說話的自信了。」

我會像這樣補充過去學員的反饋。

除了我自己的視角以外，因為多了這些其他人的視角，談話變得更立體了。

這也可以運用在商務場合。例如洽商時：

GOOD

我們的開發團隊也說「這次的產品非常優秀」「這是自信滿滿推出的產品」！

強調這是公司極力推薦的商品。

給予成員反饋時，可以這麼說：

GOOD

其他部門的同事都說「佐藤先生很認真又很努力」喔。

用間接聽到的評價來勉勵對方。

引用對話，還可以提高臨場感。加入別人的發言，可以使內容更真實、切身，更容易引起共鳴或感動。

此外，引用的對話也包含了情緒，講者可以稍微改變音色，傳達情緒，效果會更好。

運用這項技巧，說出口的話就不再是機械式的千篇一律，而是更有真實感的溝通。

賦予故事「轉折」的力量

引用對話，不僅能佐證自己的主張，提高臨場感，也可以應用在表現故事的起承轉合。

「某人的一句話改變了我」，像這樣的表現手法，對於描述感人的故事也很有幫助。

我們會因為「某人的話」改變自己的想法或生活態度，如果能引用這句話，表達會更有情感。

墊底辣妹小林沙耶加就非常擅長引用對話。她是暢銷書及熱賣電影《墊底辣妹》的原型，現在活躍於演講及教育事業活動。當她決定暫停日本的活動，遠赴美國攻讀碩士學位時，她在行前對粉絲的演講中，就運用了這個表現手法。

過去七年，為了讓更多後輩知道塾底辣妹的故事，並且影響他們身邊的大人，我到處演講。有一天，一個女孩對我說：「沙耶加，幸好妳有媽媽和坪田老師」「我身邊都沒有那樣的人」「希望你不要忘記，這世上還有很多人想努力，卻無能為力」。她的話讓我意識到：啊，我只是剛好很幸運而已。

從「沙耶加」開始的幾句話，讓小林沙耶加感到相當衝擊。她將當時聽到這段話的情緒原原本本地表現出來，牽動聽眾。

就像這個例子，我們可以引用對話來表現想法的改變與敘事的轉折。

日常的對話，都可以成為增加說服力的素材。把對方說的話記下來，作為豐富自己談話內容的存糧。

「升級」名言，使主張更鮮明

從「引用」的觀點，除了對話以外，還有格言、名言、成語、諺語等。這些與「對話」一樣，都是藉著第三者的視角或意見，強化自己的主張。歷史偉人的名言或成語等，早已被人們視為圭臬，運用這些詞彙，即表明「我的主張就像這句名言一樣重要」，藉此強化說服力。

前首相小泉純一郎就非常擅長引用名言。

我們要承認過錯。《論語》不是也說「過勿憚改」嗎?這句話是《論語》說的，但現在也一樣適用。我現在的想法改變了。

「少年啊，要胸懷大志」，大家聽過這句話吧。我雖然年紀大了，還是可以胸懷大志啊。

這兩段話都引用了成語或名言，再加上小泉純一郎自己的主張。

值得一提的是第二段話，引用了克拉克博士的名言「少年啊，要胸懷大志」*。

首相在任時的小泉純一郎是擁護核電派，退任後卻與當時的主張完全相反，強烈訴求「零核電」。他以「年紀大了，還是可以胸懷大志」來解釋自己想法的改變，在克拉克博士的名言之上，加上他自己的發揮。

原本引用成語或名言，就已經能夠充分解釋自己想說的話。

但小泉純一郎將成語或名言再進一步延伸，「前人是這麼說的，但我有更進一步的想法」，真的是非常高明。

以成語或名言為基礎，自創新詞，可以讓你的主張更加鮮明。

舉例來說：

GOOD

有句成語是「一石二鳥」，但我希望透過這次計畫，達到「一石十鳥」。

像這樣增加成語或慣用語的數字，初級者也可以嘗試看看。

＊ 這句話是來自美國的教育家威廉·史密斯·克拉克博士（一八二六～一八八六），結束在北海道札幌農業學校（今北海道大學）八個月的服務後，送給學生的臨別贈言。

提姆・庫克不引用金恩牧師的「那句名言」

如果引用的名言一般人並不熟悉，我建議就不要再自創新詞，直接引用就好。

例如，南非前總統曼德拉說過：「任何事在成功之前，都看似不可能。」愛因斯坦說過：「不要試圖成為一個成功的人，要努力成為一個有價值的人。」

雖然他們都是知名人物，但這兩句話並不是那麼廣為人知，就不需要再延伸，直接引用，為自己的主張做補充，就足以發揮效果。

蘋果公司的執行長提姆・庫克，他在麻省理工大學畢業典禮上的演講，結語是這樣說的：

要牢記這件事，沒有比這更強大的想法了。正如金恩牧師所說，「所有人的人生都是緊密相連，命運與共」。大家要牢記這件事，我們要思考的不是只有科技，還有接受科技恩澤的人類。為了全人類，而不只是一部分的人，去創造最好的，給予最好的，善盡所能，那麼，今天人類就有了莫大的希望。

說到金恩牧師，「我有一個夢」是大家最熟悉的名言，但庫克引用了其他名言，恰好支持他的主張。

引用名言時，也要從聽者的立場，思考有多少人知道這位名人，聽過這句名言。

還有一個大前提，一次最好只引用一句名言。

引用太多，聽者可能會忘記哪句話是用來強調哪個主張。

基本上，一次引用一句就好，聽者比較容易記住，能夠自然地內化。

讓興趣缺缺的聽者「感興趣」的技術

當我們發表談話時，不一定全部的人都有興趣聽。不管是演講、簡報等一對多的場合，還是訪談、面試等一對一的場合，都一樣。

業務推廣的接受方、因公司或學校規定而來參加研習的接受方，這種場合的聽者通常都不是出於自己的意志而來，其實很多人都沒興趣聽。

在這種場合，身為講者的尷尬，相信許多人都經歷過。看著台下聽眾，「唉，這個人一定完全沒在聽我說」「他好像覺得很無聊」，卻還是必須硬著頭皮講下去，確實很難熬。

聽者沒興趣，或是認為講者的話題沒價值的時候，有個方法常有效。

那就是，「**為對方的心情代言**」。

「為對方的心情代言」，顧名思義，就是推敲聽者的的情緒、想法，並且直率地說出來。

例如，公司研習的場合，可以說：「可能有人覺得『這次研習的主題有什麼好學的，大家早就會了啊』。」面對客戶，可以說：「您心裡可能覺得『這跟其他商品差不多嘛』。」等等，直接說出對方心裡所想。

如果你發現對方老是低頭看資料，一副興趣缺缺的樣子，不妨試試這種語言刺激。想像你是跟眼前這個看起來很無聊的人的「心」對話。即使不是完全說中聽者的心情，那也沒關係，只要能引起對方的注意就好。

不過，只是說出對方心裡所想，這樣還不夠。還必須配合「**提示談話目的**」。

例如，公司研習活動的承辦人，對意興闌珊的學員說：

GOOD

我想，可能有人覺得「這次研習的主題有什麼好學的，大家早就會了啊」【為對方的心情代言】。這次的研習，是為公司全體員工而舉辦，其他上過課的主管，普遍反應良好，對效果相當肯定。這是一個全新的嘗試，我相信，這次課程可以讓大家在公司有更多發揮【提示談話目的】，請大家堅持到最後。

面對不太積極的客戶，可以這麼說：

GOOD

您心裡可能覺得「這跟其他商品差不多嘛」【為對方的心情代言】，我來為您說明這次商品有什麼不同。我會詳細解釋它們各自有什麼優缺點【提示談話目的】，讓您能清楚分辨。

面對興趣缺缺的聽者，正是我們表明目標或決心的機會，巧妙運用，就能讓談話更有意義。

如果能夠從自己與聽者的屬性，預測現場反應，不妨事先準備好一些應對說法。

聽眾越多，越容易演變成單方面說話。

但請不要忘記，說話是一種溝通。

為了讓沒興趣的人感興趣，請試著看穿對方的心，並且替他說出來。

對於能夠說中自己的心事的人，聽者會產生小小的信賴感。

利用「同步要素」，提升現場的價值

演講、簡報、面試、商談等，因情況，可能會有一方持續說話。

為了不讓聽者覺得我們只是照稿念，可以利用「現在」「這一刻」等詞彙，加入「**同步要素**」。

說話有一個很重要的概念，那就是講者和聽者「共享現在這個時間」，換句話說，「我和你是一體的」。

強調「在這個現場，共享這個話題」，既不是看網路影片，也不是讀社群網站的文字。

例如，棒球社的隊長對隊員說：

BAD

為加強團隊實力，明天開始，一起努力練習！

GOOD

現在，這一刻，我們以甲子園優勝為目標。為加強團隊實力，明天開始，一起努力練習！

比起第一段，第二段直接與現場的人共享現在發生的事，展現說話者想要溝通的意志。

強調只有在今天，在這個地方，賦予談話稀少性，可以讓聽者更專注傾聽。

「我有一個夢」這句名言來自金恩牧師的演講，他在演講中運用了許多同步要素：

> 今天，我很高興，能夠與大家一起參加這個美國史上為追求自由最偉大的示威遊行。這場集會一定會留在歷史上。

> 一百年前，一位偉大的美國人，簽署了奴隸解放宣言。現在，我們就站在這個人的雕像前。

> 黑人依然在美國的角落，過著悲慘的生活，明明在自己的國家，卻活得像是逃亡者。今天，為了控訴這令人羞愧的狀況，我們聚集在這裡。

「今天」「現在」這些字眼特別醒目。

擷取現在、這一刻發生的事，強調現在所說的內容，不是影片，不是存在於過去的東西，讓聽者感受到，現場聽到這些內容是有意義的。

加入同步要素，有意識地選擇適合現場的詞彙。

這能大幅提升聽者的滿足感。

第3部

「聲音・動作」的戰略

「聲音・動作」的戰略

發聲……………理解呼吸的機制
以腹式呼吸發出大音量
調整聲音大小來表現心情
練習穩定的語速
配合對方與狀況決定語速
說到重點時改變語速
適時調整聲調的高低
重要詞彙要提高聲調

沉默……………確保適度的留白
認識贅詞並消除贅詞

肢體表現……身體重心、手腳位置要穩重
管理表情、視線
注意站位
利用手勢豐富表達

第三部是「聲音・動作」的戰略，
我會解說說話時搭配的聲音和動作。
設計聲音和動作，有助於我們表現情緒，
大方且清楚地傳達自己的意思。
但如果做得不好，
也容易造成沒有自信、消極、難懂、
不夠積極等負面印象。
這些是許多人共通的煩惱，
然而，我也看到許多人經過學習，
有了大幅的改變。
讓我們一起學習吧。

第 6 章

發聲

如何打磨吸引人的「聲音」

聲音・動作的重點：比設想誇張「三倍」

終於來到「聲音・動作」的戰略了。

我們說出口的話，會藉由「聲音」傳達給對方，並透過「動作」強調表達的內容。懂得運用這些表現技巧的人，能夠把心意寄託在詞句裡，完整地傳達心情。這也是個不懂就會吃虧的領域。講話結巴、口齒不清，都容易給人沒自信的印象。

我指導過許多人口語表達，我發現，聲音和動作是「自我認識」與「他人印象」落差最大的部分。

在課程初期，許多學員會反應：「這麼大聲說話，不會造成困擾嗎？」「停頓這麼久沒關係嗎？」

但實際看到或聽到自己的錄影、錄音，大家都改觀了：「其實也還好嘛，大膽一點，效果比較好呢。」

我總是告訴大家：「**聲音和動作，要比自己設想的誇張三倍以上，對方才聽得清楚。**」

我們看電視節目或YouTube等，透過畫面觀察那些專家的談吐會發現，他們聲調的高低和表情是有變化的。對方誇張的舉止或表現，在我們看來也很平常。大膽地表現出來，拉近自己與對方感覺的落差，你的談吐會判若兩人。

分析說話的「抑揚」

「說話」這個行為的基礎是「聲音」。

聲音的品質，取決於「抑揚」。

抑揚指的是聲調的高低，還有氣勢的轉變等。我們給人的印象是態度坦蕩，或是優柔寡斷，全都取決於聲音的抑揚。

不過，大家對抑揚的概念卻很模糊。

教說話的課程，一定會提到抑揚。如果說話聲音平坦、單調，聽起來沒有感情，通常都會被指正：「說話要有抑揚變化。」

說起來簡單，然而，抑揚的構成要素卻不只有一項。

就算知道「說話要有抑揚變化」，但究竟是要改變聲調的高低，還是音量的大小，或是說話的速度，怎麼做才能解決問題，如果沒有具體的說明，也無法真正解決問題。

為了讓大家學習聲音的技術，本書會分解「抑揚」的構成要素，一一解說。

必須先理解「抑揚」的構成細節，才會知道自己究竟是哪部分做不好，該朝哪方向著手改善。

在KAEKA，我們將「抑揚」分解成五個要素，分別是：

・音量的大小
・語速
・聲調的高低
・停頓
・減少贅詞（「嗯……」「那個……」等不自覺說出口的語詞）

本章先解說前三項，下一章解說後兩項。

預設音量：大聲

第一項要素是「**音量的大小**」。

這雖然是基礎，但如果不能確實掌握要領，就無法打磨表現方式。要確實將聲音傳送給聽者，一定要先對「音量」有初步的概念。

大聲說話，整體給人的印象就是態度坦蕩，聽者也容易聽得清楚。

而小聲說話，一般給人的印象是談吐溫柔、分享祕密、不想被其他人聽見等。

如果是有目的性的談話，應該要**大聲說**，**才能彰顯內容的價值**。

第一次接受說話訓練的學員，幾乎都不知道如何正確發聲，如何讓自己的聲音更響亮，每個人都是小聲地說話。

除非是受過戲劇表演的訓練，否則大多數的人都不能理解聲音要多大，也往往放不開。

只要把音量的預設值調大，口齒的清晰度就會大幅改善。

想大聲說話，有一個簡單的訣竅：發出聲音時，縮肚子吐氣。

這樣不必特別出力，也能夠輕鬆發出大音量。

以下說明理由。

胸式呼吸的弱點與極限

呼吸是從嘴巴或鼻子將空氣吸進肺部。

肺部不會自己動，而是受到包圍肺部的「胸廓」周邊肌肉所牽動。當胸廓因肌肉運動而擴張時，肺也會跟著擴大；當胸廓因肌肉運動而縮回時，肺部也會縮小。

這些牽動肺部的肌肉，通稱為「呼吸肌群」，若詳細分類，有多達二十幾種肌肉。

使用呼吸肌群中不同部位的肌肉，呼吸的方式也會不同。

這就影響了音量的大小。

這裡的關鍵字是「胸式呼吸」與「腹式呼吸」。

本書推薦的是腹式呼吸。但為了幫助大家理解腹式呼吸的重要性，我先從胸式呼吸開始解說。

胸式呼吸是藉著呼吸肌群中肋骨之間的肋間肌運動，使肺部收縮，吐出氣息，發出聲音。

沒有學過發聲方法的人，幾乎都是以胸式呼吸發出聲音。

然而，胸式呼吸單次的吐氣量有限，很難發出大音量。在胸式呼吸的狀態下，硬要大聲說話，喉嚨會過度出力，造成負擔。

政治家經常在選舉最終日對選民說：「很抱歉，我的聲音已經沙啞。」這就是一直用胸式呼吸的結果。

胸式呼吸與腹式呼吸的差異

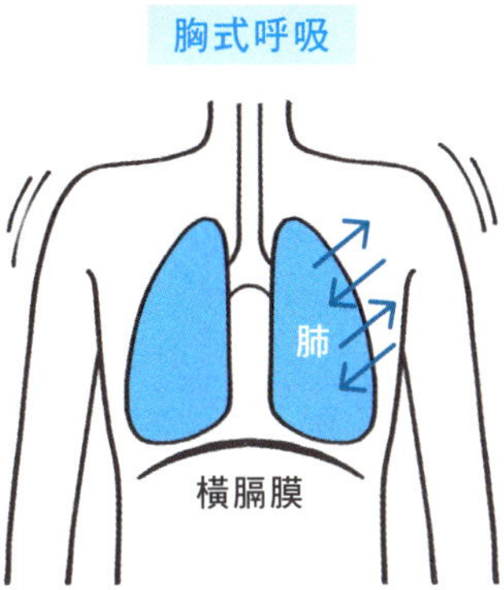

肋骨之間的肋間肌運動，使肺部收縮。胸腔會起伏，肩膀也會額外出力

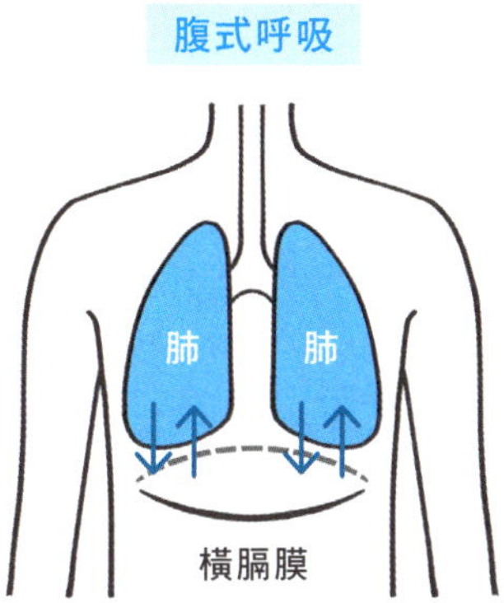

心窩附近的橫膈膜上下運動，使腹部收縮。身體不用額外出力，吐氣量較多

腹式呼吸會用到「最強呼吸肌群」

我推薦大家改採「腹式呼吸」。

腹式呼吸會使用呼吸肌群中的「橫膈膜」。橫膈膜是位在身體的心窩附近，呈上弦月形狀的薄膜。

橫膈膜是呼吸肌群的二十多種肌肉中，力量最強的部位。

使用橫膈膜的腹式呼吸，單次吐氣量比胸式呼吸多出三倍。

更多的吐氣量，就表示可以發出更大的聲音。

橫膈膜是肺部下方的肌肉，對胸腔或肩膀幾乎不會造成負擔，喉嚨和肩膀也不用出力。

換句話說，腹式呼吸增加了吐氣量，不必額外出力，就能發出大音量。

做腹式呼吸時，可以留意身體的變化。

腹部周邊的肌肉用力，有意識地將腹部內縮，內臟器官會被推回身體內部，下方的橫膈膜也會受力向上運動。

這些動作會擠壓胸廓，讓肺部的空氣可以一次吐盡。

縮肚子吐氣，就能活動橫膈膜

說話時，要改採腹式呼吸，可以利用一個簡單方法啟動這個機制。

腹式呼吸的機制

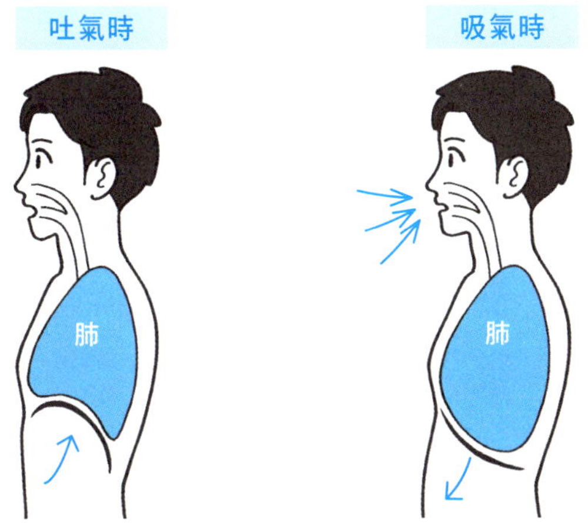

腹部內縮時，橫膈膜向上，肺部的空氣可以一次吐出

吸入空氣，肺部向下膨脹，橫膈膜也向下，腹部凸出

那就是「發出聲音時，縮肚子吐氣」。

要有意識地「活動橫膈膜」比較難。然而，「發出聲音時，縮肚子吐氣」，自然會動到橫膈膜，做到腹式呼吸。

我們常聽到「用丹田發聲」的說法，就是這個道理。許多人不懂原理，不知道為什麼「用丹田發聲」，聲音就會變大。

知道原理後再學習也是很重要的。

腹式呼吸要「躺著學」

腹式呼吸除了可以發出大音量，還有一個好處是，不用扯著喉嚨就能發出響亮的聲音。

我希望大家都能學會這個呼吸法，以下是詳細的訓練方式。

首先是站姿，手掌放在離嘴巴約二十公分的位置，對著掌心「哈」地吐氣。像是嘆氣般吐氣時，應該可以感覺到腹部自然內縮，另一手可以放在腹部確認。這就是腹式呼吸的狀態。

接著，稍微用力將氣息吐盡。

比剛才的嘆氣更用力一點，用氣音大大地吐氣：「哈！」

吐氣時也要確認腹部的運動。

掌握吐氣的訣竅後，加入聲音。用與「哈！」同樣的吐氣方式，說出：「啊！」

腹式呼吸訓練

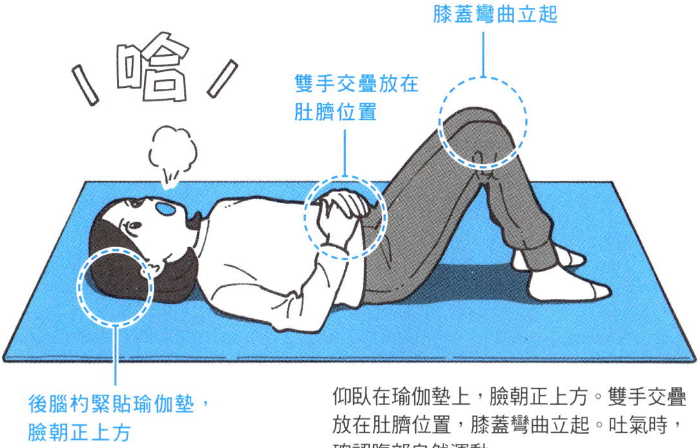
哈
膝蓋彎曲立起
雙手交疊放在肚臍位置
後腦杓緊貼瑜伽墊，臉朝正上方

仰臥在瑜伽墊上，臉朝正上方。雙手交疊放在肚臍位置，膝蓋彎曲立起。吐氣時，確認腹部自然運動

從氣息變聲音，很多人的腹部又不會動了。這時再回到吐氣的練習，從嘆氣再確認一次。

接著再發出長長的「啊——」。氣息要盡可能持續釋出。

到這裡都順利完成的話，最後是連續說出多個字。這時也要確認腹部是否自然運動。

這個訓練可以採站姿進行，但一開始我更建議仰臥在瑜伽墊上練習。

仰臥時，肩膀因重力而緊貼地面，不能亂動，可以防止變成胸式呼吸，也有利於腹部自然運動。

掌握了腹式呼吸的感覺後，再以站姿照著一樣的流程挑戰看看。

調整音量，讓表現更豐富

聲音越大，越容易聽得清楚，所以維持大音量是首要目標。

學會以大音量說話之後，可以繼續練習以下的應用篇，學習利用不同音量表現不同情緒。

我一直持續練習演講技巧，現在也還會參加演講比賽。

演講時，我會配合演講內容或現場氣氛，設計音量的大小變化。

大聲說話，就是提示演講來到核心重點。

「這個想法，我認為是錯的。」這類的強勢主張，就適合大聲說。大聲說話，給人有力量的印象，可以彰顯核心訊息，或是自己的情緒。

相對的，小聲說話，則是用在吐露內心的信仰。

「我對這個工作很自豪。」「我希望能與你攜手共進。」等等，像是要細細體會語詞一般，小聲但清晰地說出來。複雜的心境或寂寞、沉穩的態度等，適合用小音量來表達意志。

利用聲音的緩急，可以表現微妙的心理變化。

此外，還有一些細部的技巧。我會配合音量的大小，調整麥克風的距離。大聲時離麥克風遠一點，小聲時就靠近一點。

如何運用麥克風，也是考量的一環。

音量的大小要靈活運用，但如果還不能夠穩定地以大音量說話，就想加入這項技巧，小聲說話時，音量可能會太小而聽不清楚。

所以，原則上還是**以維持大音量為首要目標**，再學會設計音量大小後，表現就可以更加豐富了。

先學會以穩定的語速說話

接下來，我們來看「**語速**」。

說話時，保持適當的語速，才能夠清楚地傳達。要讓聽者專心聽自己說話，必須讓對方覺得聽你說話是舒服的，這點非常重要。

經常有人找我諮詢有關語速的煩惱，尤其是「希望改掉說話太快」的人特別多。語速的快慢並沒有絕對的正確答案。我們可以藉著自我認識和訓練來調整說話的速度。

大家有沒有演奏樂器的經驗？

無論哪一種樂器，一定都是從基礎練習開始。例如「音階練習」，一個音一個音，依一定的時間間隔演奏，有時候還會跟著節拍器，保持一定的節奏做音階練習。

這個基礎熟練了以後，才會進階到演奏曲子，練習拍子較快的曲子，或是節奏較慢的曲子，漸漸的，可以自由變化節奏。

語速的訓練也是一樣，想要**依時間或場合需求，靈活控制語速，必須先讓肌肉習慣用一定的速度說話**。

NHK的主播們說話不會帶有個人習慣，而且能保持一定的速度。仔細分解的話，「每個字之間都是以相同節奏、相同間隔發音」，這就是我們要追求的「基礎」。

這看似簡單，但許多人都做不到。

例如，朗讀課文時，有些人一開始會慢慢念，到後面就越念越快。也有些人會在中間莫名其妙停頓，節奏很不穩定。

根據我的觀察，大約二十人中，有一人會有這問題。

如果你也有這問題，可以跟著主播播報新聞的影片做跟讀，練習以一定的速度說話，相信就能理解如何保持語速。

「正確的速度」並不存在

如果可以一個音一個音清楚地發聲，接下來就可以練習如何依時間或場合需求，設計語速的快慢。

在KAEKA，我們對語速有三種名稱，根據狀況區分使用，並不會單純認定語速快就不好，或是語速慢就不好。

首先，中間語速稱做「**固定普通**」。這是最標準的速度。

接著是「**固定慢**」。解說聽者不太熟悉的內容時，要慢慢說，才能有效傳達。整體給人的印象是溫和、謙恭、端正。

然後是「**固定快**」。要展現氣勢時，或是聽者想快速得到資訊時，就需要這種語速。整體給人的印象是頭腦靈活、聰明。

這種普通、快、慢的指標，該如何理解呢？

我們需要用音拍的概念。

KAEKA有一個「kaeka score」的口頭測驗，學員要拿著文章，對著電腦，想像在大眾面前朗讀，測量抑揚的各項要素，進行分析。

我們會在學員接受KAEKA訓練課程之前進行測驗。分析學員的語速後，發現平均值為一分鐘三百二十七音拍，這個速度就是「普通」。

根據KAEKA的數據分析，快語速是三百九十八音拍，慢語速是兩百五十七音拍。

自我練習的方法是，找一篇文章，刻意以一定的速度朗讀，最後再用這個速度說自己的話。

「穩定的語速」要配合對象及狀況

適當的語速，取決於聽者的特性和狀況。

如果聽者是說話快的人，通常會希望說話者頭腦靈活，或是提供大量資訊。用快語速與這種人說話，對方會覺得比較舒服。

如果聽者是說話慢的人，比較重視慎重地溝通，我們也要放慢語速，才能有效溝通。

在商務場合，每個業界有各自的特性。自己平時接觸的業界或客戶是傾向快語速，或是慢語速，試著分析看看，就能理解更多。

像是演講或簡報等需要單方面長時間說話的場合，想要有效傳達，就必須配合對象、狀況、場合改變語速。

例如，聽眾很多的場合，每個人的背景不同，語速應該要稍微慢一點，讓所有人都能夠跟上。

如果因為自己語速快，就快馬加鞭，或是因為習慣慢慢說，就慢條斯理，很可能會有聽者無法接受你的方式。

因此最好還是學會三種語速，區分使用。

突如其來的〇．八倍速是「強調減速」

「以穩定的語速說話」是很重要的基礎技術。

再進一步的表現手法，是在特定狀況下突然變慢，或是突然變快。

這分別稱作「**強調減速**」與「**躍動加速**」，以下為大家解說各自有什麼效果。

名字、重要事項、數據等，有時是談話中需要強調的重點。

提到這些部分的時候，刻意慢慢說，就是「強調減速」。

例如，「今天要跟大家說的是，持續的重要性。」這句話講者的訴求當然是「持續的重要性」。

GOOD

今天要跟大家說的是，持續的重要性。

在想要強調的地方稍微放慢速度。實際念出來看看，應該就能夠理解這效果。這樣調整速度後，關鍵字聽起來會很不一樣。那些口才好的人，常常無意識地這麼做。

不過，「強調減速」如果用得太多，就沒有效果了。談話中特別重要、特別想強調的地方，才需要「強調減速」。思考談話的最終目的，希望聽者記住什麼，再決定需要「強調減速」的地方和次數。「強調減速」適用於各種場合，是非常實用的表現手法。

有躍動感的高階技巧「躍動加速」

談話中改變語速，「強調減速」是很重要的技巧，也很容易上手。

熟練了以後，可以進階挑戰「躍動加速」。

表達熱切的想法，或是列舉各種效果來強調有很多好處的時候，在特定部分突然加快語速是很有效的方法。

來看看以下的句子：

GOOD

藉由學習說話的戰略，你可以暢談自己的夢想，找到志同道合的夥伴，開拓未來。

換句話說，你的人生會變得更加積極。

這個句子想要傳達的重點是，學習說話的戰略，「好處」不只一個，而是有「多重效果」。

句中劃線的部分，說的時候加快節奏，強調「好處多多」，為表達增添躍動感。

不過，我個人覺得這項技巧難度比較高。大家可以先從「強調減速」開始練習。

以上解說了語速的「固定普通」「固定慢」「固定快」，以及「強調減速」「躍動加速」。

設定語速時，一定要以聽者容易理解，能夠留在記憶裡為最大考量。

請大家實際練習看看。

用「聲調的高低」表現熱情與真摯

接著，我們來看「**聲調的高低**」。

說話時，如果懂得調整聲調的高低，可以更生動地表現我們的情緒。

不僅能有效傳達想強調的地方，也會讓人感覺內容經過整理，比較容易理解。

換句話說，聲調的高低，關係著講者的熱情展現與內容的清楚程度。

KAEKA的學員中，有許多人曾經在別的地方接受過指導，卻仍然不知道要怎麼改善自己的聲調表現。

有位學員經常被批評說話沒有霸氣，感覺不夠積極。我們實際觀察他說話的樣子，的確平平無奇，內容好像不是他真心所想。

也有講者已經盡力陳述，聽眾卻不當一回事，覺得他太年輕，說話沒分量。或者講者原本個性開朗，卻容易給人輕浮的印象，感受不到他的認真。

其實，這些煩惱的癥結都在於「聲調的高低」。

說話讓人感覺不夠積極的人，可以有意識地提高聲調，便能有效傳達自己的想法。

說話沒分量的人，除了靈活運用自己原本的高音，在重點部分，可以壓低聲音，展現自己認真的態度。如此，既能保留原本開朗的性格，同時又表現穩重、有內涵的一面，讓聽者產生信賴感。

「高音」和「低音」的使用場合

和語速一樣，聲調的高低也可以分成「高音」「普通」「低音」三種，依情況區分使用。

高音多用在讓場面更熱烈，或是表現自己熱情的時候。

具體來說，談話中有想要強調的地方、希望聽者協助的地方，或是想和聽者分享快樂、對未來提出樂觀的改善策略等，明顯是積極、樂觀的情況，就可以提高聲調。

雖然對於積極、樂觀的解釋是因人而異，不過，想要給人正面印象時，我會建議提高聲調。

另一方面，低音多用於想要表現穩重，或是心情低潮、希望聽者冷靜聆聽的時候。相對於積極、樂觀，低音可以用在比較消極、負面的話題。

例如，訴說目前的問題、表現後悔的心情、面對艱難現狀的冷靜等，低沉的聲音可以凸顯故事感，更容易傳達給聽眾。

除了負面的話題，中立的話題也可以運用低音，能有效表現對事物客觀、俯瞰、平等的態度。

「高音」：想讓場面更熱烈時，想展現熱情時等

「普通」：基礎的聲音

「低音」：想展現穩重、冷靜時，想表達心情失落時等

我們必須先了解不同聲調的效果。

不過，每個人的聲調高低本來就都不一樣，這就產生了一個疑問：多高或多低才是適切的呢？

其實，**重點不在於達到特定的高音或低音，或是只使用哪種聲調，而是要「能夠靈活運用」**。

「一個八度音」是關鍵

在KAEKA，我們認為，**能夠靈活運用聲調高低的基準是「一個八度音以上」**。

一個八度音指的是音階「Do Re Mi Fa Sol La Si Do」，從低音「Do」到高音「Do」的範圍。

不管每個人各自的音高如何，以自己的真音為準，在上下可達範圍能夠清楚地變化聲調高低才是最重要的。

根據kaeka score的分析，初次的學習者，平均可達「〇．八七」個八度音，假設從低音「Do」開始，大約是到「La」，也就是「Do Re Mi Fa Sol La」。前一〇%的人，平均可達「一．三四」個八度音，也就是「Do Re Mi Fa Sol La Si Do Re Mi」。

另一方面，後一〇%的人，平均是「〇．五四」個八度音，他們只能使用「Do Re Mi Fa」而已，平常說話都是固定的音高。

這邊介紹一個簡單測試自己音域的方法：「甲子園空襲警報調音器法」*。

調音器主要用於校正樂器音準，如果沒有實體調音器，可以在網路上搜尋，很容易就能找到調音器APP。

準備好以後，對著調音器發出像甲子園空襲警報那樣的聲音：「啊——」五秒鐘內，從低音到高音，下五秒鐘內，再從高音到低音，測試自己聲調高低的幅度。

重點是，全程都要用自己的真音。我們平常說話並不會用到假音。

如果發現自己無法達到一個八度音的話，可以更誇張地變化聲調的高低，反覆練習，目標是超過一個八度音。

＊ 日本高中棒球賽的傳統，從地方預賽到甲子園決賽，比賽前後都會鳴放空襲警報來通知現場工作人員和觀眾。

網購之神使用「低音」的瞬間

靈活運用聲音高低的最佳典範是日本網購之神高田明。

我實際測量他在某一集節目中的聲調表現，發現他在推銷商品時，音域竟能跨越將近兩個八度音。

舉例來說，他在敘述實際使用商品的感想時，聲音會稍微低沉。最後連珠炮式的發表商品價格時，聲音會越來越高亢。

觀眾對他的印象都是高亢的聲音，但真正讓他展現魅力、成功推銷的，其實是他廣闊的音域。

聲調有高有低，才能夠凸顯喜怒哀樂，展現熱情。請大家努力練習超過一個八度音。

一句話「頭高尾低」是基本規則

前面為大家說明整段談話中聲調高低變化的大原則。接下來，範圍稍微縮小一點，我們來看段落或句子的細節。

一句話中，優美的抑揚其實有基本規則。

那就是「**從高音開始，在低音結束**」，我們稱為「頭高尾低」，這也是電視或廣播的主播時刻要留意的重點。

例如，「週六預計會放晴。」「週」字從高音開始，逐漸向低音移動，到最後的「晴」。

說話時，留意這個「頭高尾低」法則，聽起來就會很流暢。

不過，規則並不是只有這樣。**說到重要詞彙時，聲音要「回到最初的音高」**，這樣會更有效果。

從高音開始，逐漸向低音移動，到「放晴」時再回到「週」的音高。

一句話有高低變化，重要詞彙就能適切地傳達出去。

聲音高低的波動，讓整體談話聽起來很舒服。

不過，有時候我們要維持語尾的音高，甚至可以設定語尾聲調稍微高一點。這是為了維持現場氣氛的張力。高亢的聲音，就像喊話一樣可以擴散開來。演講、簡報、主持人的提問、話題的總結等，對聽者做情感訴求時，維持語尾的音高，或稍微上揚，都是很有效的方法。

例如，婚宴上主持人說：

「讓我們歡迎新郎、新娘出場。請大家熱烈鼓掌！」

這句熟悉的台詞，大家應該可以想像主持人越來越高亢的聲音吧。隨著聲調越來越高，預告「主角即將登場」，聽者情緒也跟著高昂，自然而然開始鼓掌。

團隊領導者對成員喊話：「下個月我們要達成這個目標。讓我們一起努力！」

尾音高低給人的印象

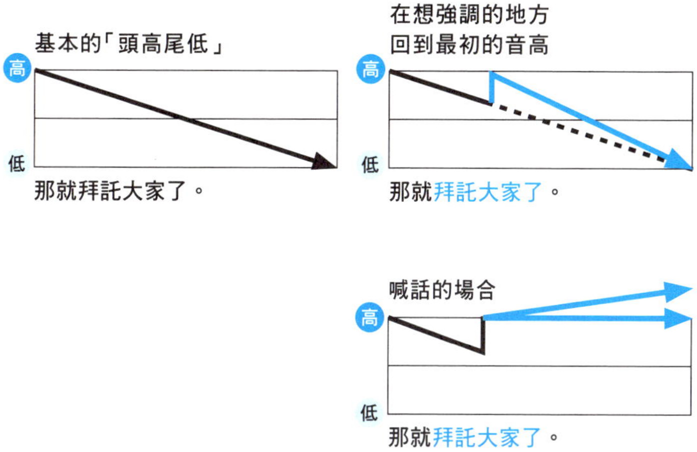

政治家對群眾喊話：「請大家將神聖的一票投給我。拜託拜託！」

我們可以想像聲音越高，鼓掌就越踴躍的畫面。

像這樣，以高亢的聲音喊話，可以應用在各種場合。

希望對方贊同、提振士氣，或是想讓場面更熱烈的時候，都可以運用這個表現手法。

第 7 章

沉默

「沉默」

才訴說最多

留白帶來「理解」與「期待」

有一個會讓談吐產生劇烈變化的重點。

那就是「**留白**」。

一語不發的時間，也可以說是「沉默」。我們通常都以為，所謂的「口才好」，就是口若懸河，可以滔滔不絕地說話。其實，口才好的人，都懂得巧妙運用沉默的時間。

沉默也是需要學習的。以我過去的指導經驗，有九成以上的人掌握不到當中的訣竅。

滔滔不絕地說話，給聽者的感覺是一直有新的資訊進到耳朵裡。前面的內容還來不及理解，下一項資訊當然也吸收不了。

完全沒有停頓的談話，會妨礙聽者理解，讓人疑惑：「你到底想說什麼？」

此外，說話不停頓，也會給人嘴快、沉不住氣的印象。

懂得適時停頓，可以凸顯話題的主旨，也保留時間讓聽者消化、吸收聽到的內容。停頓還有賣關子的效果，令人期待接下來會如何發展。

換句話說，**留白既是理解前述內容，也是期待後續話題的時間。**

掌握留白，就掌握了說話的訣竅。我在指導演講時，會要求學員在講稿上註記「留白」，讓自己有意識地實踐這個重點。

能夠靈活運用留白，說話會更有魅力。

搞笑藝人的傳奇「九秒沉默」

搞笑藝人江頭2:50在二〇二二年四月受邀到代代木動畫學院的入學典禮演講。他在這場演講中，示範了非常高明的留白手法。

他突然出現在會場，引起一陣騷動，隨後他為七百位新生致祝賀詞：

代代木動畫的各位同學！先跟大家說一句！（停四秒）恭喜入學。（停九秒）（會場響起熱烈掌聲）我還有一些話想跟你們說。

他以強烈的語氣說出：「先跟大家說一句！」然後停頓四秒時間。在這個祝賀的場合，他到底要說什麼，聽眾都滿心期待著。接著，他直接祝賀：「恭喜入學。」原本有點冷場的氣氛，頓時又熱鬧了起來。

每句話之後都保留停頓的時間，營造氣氛的落差，也讓聽者能充分理解談話的內容。

一陣熱烈掌聲之後，會場又安靜下來，他卻繼續沉默，大家屏住呼吸，期待他將展開什麼話題。

搞笑藝人的世界非常重視「留白」，也難怪江頭先生能拿捏得宜，完成一場精彩的演講。

軟銀集團的孫正義也是巧妙運用留白的高手。他會配合話題內容，保留一到六秒的留白。

政治家田中角榮也是留白達人。

許多人對他的印象都是連珠炮似地說個不停，但其實，他在每一個句號之後，或是高喊「各位！」之後，都保留了適當的停頓。

每一次停頓，台下都會響起熱烈掌聲，呼應：「說得對！」同時也提升聽眾對談話的期待感。

「句號之後」要停頓一下

我們平常說到句號（。）和逗號（，）的地方，都要停頓一下。

當中，更重要的是句號之後的留白。

句號之後的留白，正是製造「理解」與「期待」的關鍵所在。

句號之後，停頓一小段時間，聽者會更容易理解你說的話。

停頓久一點，還會讓聽者產生期待：「他接下來要說什麼呢？」

有意識地停頓，還有一些附帶效果，像是經常出現在兩個句子之間的「嗯……」「呃……」「那個……」，這些贅詞也會減少許多（關於贅詞，後面還會詳細說明）。

至於具體的留白時間，如果是演講或簡報等單方面說話的場合，我會建議，**句號之後，停頓兩秒左右。**

單方面說話的場合，聽眾通常不只一人。聽眾中有各種各樣的人，不僅個性不同，事前掌握的資訊也不一樣。

我們很難配合每一位聽眾的屬性，因此，在句號的地方停頓，確保對所有人來說都容易理解，這才是最重要的。

這段時間，大約是兩秒鐘。

一對一或少人數的對話，句號之後可以短暫停頓一到兩秒。

這些場合，說話時要一邊觀察對方的節奏或反應。如果每次句號之後都堅持要停頓兩秒，這樣反而不太自然。

與人對話時，留白的時間要比單方面說話時短一些。

根據kaeka score的分析，句號之後的停頓時間，平均是一・二六秒。前一〇％的人是二・三一秒，後一〇％是〇・六八秒。

竟然有這麼多人不知道要停頓。

單方面說話時，兩秒鐘其實比我們想像的還漫長，對於不習慣的人來說，的確有點困難。不過，就是要空出這麼長的時間，聽者才聽得清楚。

大家不妨勇敢實踐看看。

句號以外，不能隨意停頓

要提醒大家，句號以外的地方，不能隨意停頓。

此外，逗號之間如果停留太久，會有話說到一半中斷的感覺，建議只要「稍微停一下」就好。

重要的是，**句號與逗號，要有明顯的差別**。

如果句號之後的留白與逗號之後的留白都差不多，聽者會不知道一個句子是在哪裡結束。

句號之後停頓兩秒，逗號之後停頓一秒以下（非常短暫的停頓），就是聽起來舒服的狀態。

對於句號和逗號，要做出區隔。

雖然我們偶爾也會在句號和逗號以外地方的停頓，但不能太過頻繁。對聽者來說，說話斷斷續續的，聽起來會很難受。

例如這種感覺：

BAD

大家　好，我是　撰稿人　千葉　佳織。　今天　由我來　為大家　詳細　介紹「說話訓練服務」。

在不是句號或逗號的地方停頓，字詞沒有銜接好，已經很難以理解了，而且句子莫名變得很長，又更加抓不到重點。

句號和逗號的停頓、喘息，要像是這種感覺：

GOOD

大家好，（停〇．八秒）我是撰稿人千葉佳織。（停兩秒）今天我要為大家詳細介紹（停〇．八秒）「說話訓練服務」。

這樣聽起來自然多了吧。

為了讓聽者容易理解，留白還是適度就好。

善用留白，讓「提問」與「連接詞」發揮效果

句號和逗號之外，還有一些特別需要留白的重點地方。

首先是「**提問**」，也就是問號（？）的部分。

提問之後，建議停頓兩秒以上。

BAD

請問大家，有沒有思考過自己的「談吐」？（停〇·八秒）我……

GOOD

請問大家，有沒有思考過自己的「談吐」？（停三秒）我……

如果提問之後馬上接著說：「我……」聽者不會認為這個問題是在問自己，會覺得講者只是把背熟的講稿原原本本地念出來而已。

「提問之後馬上回到正題」，這在演講現場經常發生。

請大家回想一下提問的目的。**會提出問題，應該就是希望激發聽眾思考**。既然如此，**問完問題之後，必須保留讓聽眾思考的時間**。

為了讓聽者有足夠的時間思考，提問之後，建議停頓兩秒以上。

這也適用於一對一或少人數對話的場合。提問之後，停頓一段時間，聆聽對方的反應和他們的真實想法。

另一個重點是「**連接詞**」。連接詞的前後也可以運用留白的效果。因為連接詞前後的句子可能有較大的轉折。

尤其是表示對比的連接詞（例如「但是」），由於聽者無法預測接下來的內容，適時停頓，可以讓聽者對接下來的話題產生期待。

作家乙武洋匡就很懂得巧妙運用留白。

他以充滿表現力的口才為武器，活躍於各個領域。

他戴上義肢，在國立競技場的跑道成功走完一百公尺，達成「義肢計畫」後，即興發表的演講就運用了留白的效果，相當觸動人心。

走完這一百一十七公尺，我花了四年半的時間。但是，（停兩秒以上）我走完了。很難，但不是不可能。（停六秒）科技和我們的努力，還有大家的支持，讓我走到了這裡。

表示對比的連接詞「但是」緊接著前一句話，然後停頓兩秒以上，才接著說「我走完了」。「很難，但不是不可能」，說完這個最重要的訊息，他停頓了六秒左右，讓這句話的餘韻充分發酵。

演講中，希望聽者關注的地方、語氣轉折的地方等，適時停頓，可以觸動聽者的心。

如果想實際測量自己說話停頓的時間，利用手機內建碼錶的「分圈」功能就很方便。

每到句號就按下「分圈」，下一句開始時再按一次「分圈」。全部說完之後，再按停止，就可以回看自己說話、停頓交替的秒數。大家不妨確認看看自己說話留白的時間。

如果自己一個人不好操作，也可以請別人幫忙。

消滅口語表達的「大敵」：贅詞

說話的「大敵」，就是贅詞。

贅詞指的是「嗯……」「呃……」「那個……」這類不自覺說出口的無意義字詞。

稱為「大敵」是有理由的。

我們在「原則三」提過，口語表達的一句話應該要簡短。

如果有贅詞，一句話就變長了。

「我是×××，嗯……當時啊……呃……」像這樣，句子變得冗長，聽者也無法順暢地理解內容。

贅詞會給人「沒想法」「不知道要說什麼」的印象。

即便事實不是那樣，但如果不能流暢地說出有意義的詞句，也會讓人覺得說話者是不是還沒整理好思緒。

贅詞容易出現在當我們思考要說什麼，或是要開啟下一個話題的時候。如果能夠盡量減少贅詞出現的頻率，整體談話聽起來會更舒服、更落落大方。

贅詞主要有兩種：

①句子開頭的贅詞：

「嗯……承蒙主持人介紹……」

②句子中間的贅詞：

「前幾天出差，呃……那時候發生了一件事……」

想想看自己不小心說出贅詞的情況。

應該不少人①和②兩種情況都有。

關於②，比較多的例子是「呃……」「那個……」，也有延長母音的類型，也就是延長句子最後一個字的母音。

前者常見於商務人士，後者則是政治家居多。

商務人士經常需要在各種場合說話，但不太有聽者會指出贅詞的問題。

政治家經常需要做長篇的演講、發言。以我的觀察，大多是因為還在思考下一句話，想爭取一點時間，就不自覺地延長前一個字的母音，變成贅詞。

要消除贅詞，必須先「認識贅詞」

想要消除贅詞，第一步是先「認識贅詞」。

這好像在繞口令似的，但贅詞本來就是「不自覺」說出來的，很多人都沒有察覺自己有這個毛病。想要改掉這個習慣，必須先分析自己的狀況。

「認識贅詞」就是第一步。

具體的解決方法有幾種。

例如，「**句號之後，刻意停頓**」，便可以減少贅詞。停頓的時間，連贅詞都不能出現。

我有很多客戶都是這樣改掉句子開頭的贅詞。

另一個方法是，「**縮短句子，一口氣說完**」。一句話說完，剛好氣息也用完，換氣時，自然會停頓，也就沒有機會說出那些無意義的字詞。

既然有解決方法，消除贅詞就不是難事，只要認真練習就可以。

想要消除這種不自覺說出口的字詞，需要相當的努力。

每個人有各自適合的方法，不妨多方嘗試。

我在指導學員的時候，會要求學員在演講或簡報時，「只」專注於消除贅詞。

大約練習三個月左右，贅詞就減少很多，也有人完全不會再說贅詞。

根據 kaeka score 的分析，以前三十分鐘內就說出一百九十個贅詞的人，經過三個月的練習，已經減少到三十分鐘內只剩五次。

每個人都可以消除贅詞

接著來看看不同類型的贅詞可以怎麼改善。

①句子開頭的贅詞

句子開頭的贅詞，比較常見的有：「嗯……今天……」「對……那個……」可能是想修飾開場的突兀感，而不自覺地說出贅詞。

我們可以發現，無意義的起頭，助長了贅詞的出現。

切記，**一開始就要切入「正題」**。

此外，句號之後，新的句子開始之前，這時贅詞又容易出現。

提醒自己，**句號之後停頓一下，準備好再開口說下一句。**

句子開頭容易出現贅詞的人，多半是因為想快點繼續往下說。

前面說明過，句號之後，應該先停頓兩秒左右，再說下一句。

有了思考下一句的餘裕，就能避免句子開頭出現贅詞。

② 句子中間的贅詞

第一個解決方法與①相同，適時停頓，準備好再接著說。

此外，也可以修正自己的語速。很多人是因為語速太快，思考跟不上，才會說出「呃……」「那個……」這些贅詞。

不要著急，試著用比平常還要慢的語速說說看。

此外，**大聲說話，語速自然會減緩，這也是一個有效的方法。**

句子中間的贅詞，與句子開頭的贅詞一樣，因為是不自覺說出口的，其實很不好處理。

不妨把自己說話的樣子錄下來，或是請身邊的人幫忙指正，看看自己習慣說哪些贅詞，或是哪些連接詞之後容易出現贅詞，找出自己的傾向。

對問題有自覺，再進行訓練，就能大幅改善。

還有②的衍生類型「延長母音的贅詞」。

改善方法基本上與其他類型相同。不過，延長母音的贅詞，大多是語速較慢的人比較容易發生。

這種情況，可以練習刻意停頓，就能有效改善。

了解自己習慣說哪些贅詞，調整語速，確實停頓，一定有適合每個人的改善方法。只要多留意，就能改善贅詞的問題。

請大家一定要對自己有信心。

讓贅詞聽起來很高明的話術

一些說話技巧高明的專家，即使說了贅詞，也不妨礙他們的表演。

例如，新聞節目的主持人，會藉由贅詞，表達對事件的困惑或憤怒，引起觀眾的共鳴。請上節目的名嘴發表看法時，也會加入贅詞：「嗯……這個問題可能很難回答……」給其他人思考的時間。

其他像搞笑藝人輪流答題的遊戲，每當題目翻出來時，也會發出「欸～」的聲音，製造笑點。

當然，他們的是表演的專家，反應敏捷，句子長度拿捏得當，還會控制聲音品質，從各方面速塑造自己口語表達的呈現方式，所以贅詞對他們來說完全不是問題。

這是特別經過訓練的人才能達到的境界，我們大部分人還是要以「消滅」贅詞為優先才對。

我在演講，或是授課、洽商時，會自動切換成絕對不說贅詞的模式。但是日常聊天，或是公司內部的會議，就不會特別留意，還是會說一點贅詞。

視場合決定要不要說贅詞，有意識地切換模式，我們的表達方式會更多樣化。

但首先，還是要從減少贅詞開始。前面已經說過，「認識贅詞」就是第一步。

從本書認識了贅詞的你，已經朝消除贅詞邁出了一大步。

第 8 章

肢體語言

體現信賴感的
「站姿」「動作」

「一個動作」就能大大改變信賴感

我想先請大家思考一個問題：為了讓聽者對你說的話「產生信賴」，有什麼是必備的嗎？

除了前面解說過的「詞彙」和「聲音」，本章要介紹的**「動作」**，**是影響講者信賴感很大的因素**。

無論如何設計「談話內容」和「聲音」，如果身體重心一直左右搖晃，或是做出一些不必要的手部動作，都會讓聽者產生不自然的感覺。

信賴感，其實是可以「體現」的。

本章將為大家解說談話時的腿部動作、重心位置、臉部表情、站位、手勢等，舉凡與身體「動作」相關的各種技巧。

請用端正、大方的肢體語言，吸引聽者的目光。

建立穩固的「地基」

首先是體現信賴感的姿勢。

穩固的「地基」，從腳開始建立。我們從「**腳**」的位置、「**重心**」的位置來思考。

站著說話時，有些人會習慣性地踏步，也有些人會不自覺地往後退。如果有這類情形，首先要留意自己的身體重心，改善站姿。

腳的位置，基本上應該與肩同寬。

但光是這樣，有時候重心還是會偏其中一腳。話說到一半，重心的腳瘦了，就會換另一腳，這便是造成身體左右搖晃的原因。

我建議的站姿是，**腳跟部分稍微往內靠**。這個姿勢可以穩定身體重心，就不會有重心搖晃的問題了。

可以想像頭頂有一條線吊著的感覺，端正姿勢。

如果是坐著說話，椅子不要坐滿，雙腳確實踏在地面上，找到可以穩定重心的姿勢。一樣想像頭頂有一條線吊著的感覺，上半身挺直。

坐姿也會影響腹式呼吸。

擺放雙手的兩個「理想位置」

接著是「手」的位置。

①雙手交疊在肚臍位置

②雙手垂放在腿側

手、腳和重心的位置

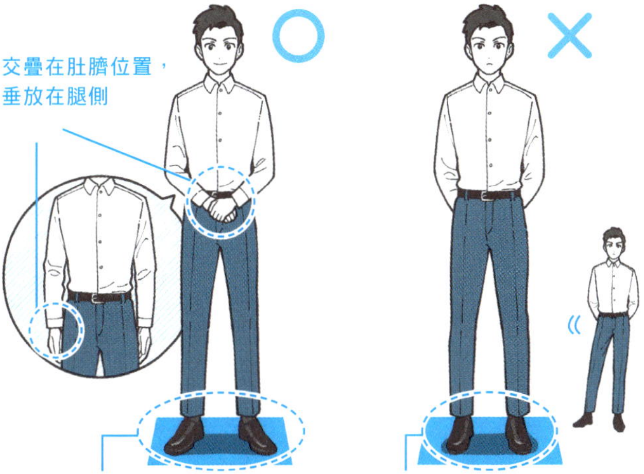
兩手交疊在肚臍位置，
或是垂放在腿側
腳稍微張開與肩同寬，
腳跟稍微往內靠
兩腳平行的站姿，
重心容易偏左或偏右

我推薦這兩個位置。

雙手交疊在肚臍位置的好處是，重心比較穩定，給人優雅的印象。

此外，手放在這個位置，也容易做手勢。因為手在身體的正中央，需要做手勢的時候，動作會比較靈活。

這也是我最常用的姿勢。

雙手垂放在腿側，可以用最自然、輕鬆的姿勢說話。我們會自然地抬頭挺胸，端正姿勢。

KAEKA的學員中，有些人習慣把手背在後面。這個姿勢會讓身體向後仰，不利於發聲，因此我不太建議。

坐著說話時，注意不要駝背，背要挺直。

有些場合，坐著時會露出腿部。要注意自己坐的椅子或桌子，以及我們的坐姿，從對方的角度看起來會是什麼樣子。

我建議可以把手放在桌子上。

手放在桌子上時，手肘是否靠攏，也會影響形象。如果上臂張得太開，視覺上肩膀會變寬，也會讓人誤以為手肘拄著桌子。

一定要記得將手肘靠攏，才會顯得優雅。

利用「語言的力量」練習表情管理

下一個要注意的重點是「**表情**」。

面對面談話時的好處之一是，可以看見表情。

表情可以使詞句的意思或解釋更加明瞭，是很重要的關鍵。

經常有人找我諮詢關於表情的煩惱。

當中最多的煩惱是：「別人說我說話時表情很可怕。」

我的客戶來自各行各業，有替患者諮詢的醫生、經常要見各界人士的政治家，還有在網路上透過影片發表談話的經營者等。

另一個常見的煩惱是：「他們說我看起來好像一直在笑，很輕浮的樣子。」

其實改善方法都一樣，必須先找到感覺，知道自己的表情是什麼樣的狀態、如何運用五官做出表情。

我現在能夠配合談話的內容，控制自己的表情，這是累積長久訓練才獲得的成果。

我的方法非常簡單，「站在鏡子前，對照著文本的內容，變化表情」。

一開始是在念高中的時候，我看到在演講比賽上獲得佳績的人，都會配合演講的內容變化表情。

我試著在講稿上做記號，正面的內容就畫上笑臉，負面的內容就畫上憂鬱的表情，再照著記號反覆練習自己的表情。

重點是，一定要對照著文本進行。

一邊朗讀，一邊配合詞句營造氣氛，反覆練習、修正。

嘴巴和眼睛的動作，要特別留心。

嘴巴的部分，要能看見上排牙齒，所以必須張得夠開，嘴角上揚，這樣看起來就會很有活力。

眼睛的部分，開心的時候，舒展眉間，往兩邊撐開；表現生氣或悲傷的時候，就

配合文本，變化表情

朗讀文章時，黑線的部分做出認真的表情，藍線的部分做出喜悅的表情。練習時對著鏡子或錄影，觀察表情的變化

我來到這個部門，已經是三年前的事了。老實說，當時這個部門績效不太好，董事總是說「你們要問問自己，這份工作的意義何在」。這三年來，不僅董事的叮嚀，我還認真思考怎樣才能為公司做出貢獻。結果，今年度，我們的營業額超過十億日圓，與去年相比，達成率有一五〇％。這個成果，是大家的功勞，真的很感謝大家。
我們現在可以前進到下一個階段。明年，不僅要拚業績，還要全力投入「機制化」。機制化可以提升生產力，讓大家更積極面對工作。讓我們繼續努力，為更多的客戶提供服務。

在眉間擠出一點皺褶。

我先專心照著文本的詞句，練習表情的變化，在正式上場的時候實際運用，並錄影下來，事後回放檢討。「表情好像沒什麼變化」「這個表情太假了」等，仔細確認後，再繼續反覆練習，一直到現在。

上方的文本提供給大家參考，練習配合詞句，切換認真的表情與喜悅的表情。

一開始先按部就班練習，漸漸的，就能夠臨場發揮。

與聽者眼神交會的瞬間

接下來是關於「**視線**」。

大原則是「與聽者視線接觸」。

大家可能會覺得這有什麼難的。

不過，我們有很多學員都不知道「說話時應該要看哪裡」。還有許多人回看自己演講的錄影，才發現自己「視線飄忽不定」。

適當的視線接觸，可以讓聽者更有參與感。

有論文提出視線與信賴的關係。調查發現，視線接觸較多，聽者會覺得說話者的可信度較高。換句話說，雙方視線接觸時，聽者會覺得：「他是在對我訴說。」進而對說話者產生認同感。

我們還可以從聽者的表情，觀察對方是否投入。如果聽者聽得津津有味，就可以繼續同一個話題。如果聽者看起來意興闌珊，就稍微調整比重，提早進入下一個話題。我們可以透過表情很快地知道聽者對自己說的話是什麼反應，即時調整。

另一方面，視線運用不當，也可能造成失敗。我曾經與一位同事一起聽合作對象做銷售簡報。那時候，對方的負責人只與公司代表人我做眼神接觸，但其實，我身邊的同事才是該領域的負責人，卻像是個局外人。還有些人在大型會議上做簡報時，眼睛始終盯著投影片，這樣很難有效傳達。曾經有位政治家，在街頭演講時，直接把講稿鋪在街宣車上照著念，這情景在社群網站上引發一陣嘲笑。

想要引起聽者的參與感、認同感，視線很重要。從視線就可以看出說話者的考量周不周到。

面對多數聽者的視線移動方式

以我的經驗，面對超過五人的聽眾，單方面說話時，很難做到平均看著所有人的臉。這種場合，不必直接與每一個人做視線接觸也沒關係。**用一些動作讓聽者感受到講者的關注，這樣即使沒有直接的視線接觸，也能傳達給聽者。**

我推薦三種視線移動方式：

①三點式

②Z 字型

③∞型

以下一一說明。

第一種是「**三點式**」。

像是環視全場般移動視線

三點式	Z字型	∞型
• • •	Z	∞
看著正中央開始說話，然後右→中間→左→中間→右……三個點輪流移動視線	在座位較多排的會場，以Z字型，左後→右後→左前→右前→左後……依序移動視線	在面積廣闊的會場，以無窮符號「∞」的筆順移動視線，環視全場

談話的時候，先看著正中央，然後看右邊，再回到中間，接著看左邊，再回到中間。中間→右邊→中間→左邊，照這樣的順序輪流在三個點移動視線。

這個方法看起來很簡單，卻可以讓聽者感覺你是看著他們全體。

接著是「**Z字型**」，三點式再加上斜線的視線移動方式，可以運用在聽眾座位較多排的會場。

還有一個應用型「**∞型**」，在面積廣闊的會場，這是可以平均瀏覽全體的方法。

有些學員會反應，在實踐這些方法時，

「不知道什麼時候切換視線才是恰當的時機」。

比較可能發生的失誤是，面對多人數說話的場合，因為太心急，視線移動得太頻繁，顯得不夠穩重。

如果擔心不自然的動作太多，在一句話，或是同樣的內容說完之前，就不要移動視線。

同樣的內容，就對著一個方向說完，或是一、兩句話換一個方向也可以。

下頁的例子提供給大家參考。

公司名稱↓自我介紹（參加演講比賽）↓自我介紹（出社會）↓自己的想法↓社會背景……一項資訊維持一個視線，句子結束時再移動視線。採三點式移動視線的話，大概這樣就可以了。

另一個需要注意的地方是，「只有」移動視線的話，聽眾其實看不太出來。

所以，臉或上半身也要隨著視線的方向一起轉動。

視線移動的時機

以三點式為例，中間→右→中間→左→中間，以每一項資訊為區隔的時機，就能順暢地移動視線

中間 我要向大家介紹說話健身房「KAEKA」，請多多指教。 右 我是負責人千葉佳織。我從十五歲開始參加演講比賽，曾經三次獲得全國大賽冠軍，還獲頒內閣總理大臣獎。 中間 大學畢業後的第一份工作是在DeNA，我在公司發起「撰稿人及演講訓練講師」專案，協助培訓同仁的口語表達能力。二〇一九年，我創辦了KAEKA。 左 我以前口才很不好，後來透過學習說話，改變了自己。我希望推廣這種學習，才開始經營這項服務。 中間 六．一個小時，大家覺得這個數字是什麼意思？其實，這是日本人平日一天的平均說話量。 右 其中有面談、閒聊、會議等各種說話的場合，算一算，我們四分之一的人生都用在說話上。 中間 這個看似理所當然的行為，最近逐漸受到關注……

但如果連腳都一起移動的話，會顯得不自然。只要臉和上半身隨著視線一起轉動，看起來就會像是「瀏覽全場」的樣子。

面對多人數時，要確實跟每一個人做視線接觸，幾乎是不可能的。但即使沒有與每一個人做視線接觸，也要**讓聽者覺得「他是在對我訴說」「他正看著自己」，這點非常重要**。

因此，與其說是視線接觸，更重要的是，「對著全體聽眾訴說」的感覺，才是有效傳達的關鍵。

不是「只能站在這裡」

接下來，我們來思考如何運用身體的移動。

首先是「**站位**」。

顧名思義，就是說話時站的位置。

面對多人數說話的場合，有以大螢幕為背景的，也有設置講桌的。無論哪一種，許多人都是從頭到尾站在同一個位置說話。

我們要想想，從頭到尾都在同一個位置說話，這是理想的狀態嗎？

「必須一直站在這個位置嗎？」如果你對這件事存疑，就應該能想到還有其他的選擇。

在比較寬敞、能夠自由移動的場所，一邊走動一邊說話也是可行的。有時候，講桌只是用來放置電腦，我們只要帶著雷射筆，就可以走出講桌，自由地前後左右移動，邊走邊說。

站位的變化，對於「維持聽者的專注力」有很大的效果。

首先，我們可以藉由站位的變化，表示話題的轉換。

長時間站在同一個地方，只靠詞彙和聲音表現滔滔不絕的口才，對許多人來說都相當困難。尤其是話題有很多細節和艱澀的內容時，聽者如果跟不上節奏，就會聽不下去。這時，不妨配合話題轉換的時機，移動腳步。走到另一個位置，在新的地方，讓聽者理解接下來要說的內容已經跟剛才不一樣了。

藉由站位的變化，提示話題的轉換，讓聽者能夠好好消化內容，跟上話題，維持他們的專注力。

站位的變化，也能表現出躍動感，吸引聽者的視線。

當你開始走動時，聽眾的視線也會追隨著你，並且期待：「不知道接下來要說什麼？」現場的氣氛也會因此熱絡起來。

這對於維持聽者的專注力有很大的效果。

賈伯斯的移動也在「計算之中」

二〇〇七年的 iPhone 發表會，已成為一場傳說。賈伯斯在舞台上邊走邊講，人們還稱這種風格為「賈伯斯式談話」。但是，如果你以為賈伯斯「只是在一直動來動去」，那就是誤解了。

仔細分析之後，你會發現，賈伯斯不是一直動個不停，他都是在切換話題的時候才刻意移動位置。

這場發表會的最高潮，就是公布 iPhone 的那一刻，他站在投影幕前方正中央的位置，讓媒體拍攝，這也完全在他的計算之中。

一樣是「走動」，試想，如果賈伯斯不是在切換話題的時機移動位置，只是單純地在台上走來走去，看起來會像是極度沒自信，或是有什麼心事的樣子。

換句話說，**「動」的同時，也要決定什麼時候「不動」**。緩急的拿捏，才是達成「提示話題的轉換」這個目的的關鍵。

站位的六個區域

關於站位，KAEKA有「**六個區域法則**」。將舞台分右、中、左，再各自分前後，總共六個區域，在這六個區域決定移動的順序和定位。

每個會場的舞台大小不同，所以沒有嚴格的寬度限制，大約是移動到旁邊區域需要走兩到三步的距離。

移動的時機，就是在切換話題的時候。

說到重點時，想讓聽眾留下記憶，就在句號的地方停頓。接著，在帶出下一個話題時，開始移動幾步，走到下一個區域，站定位置。

反覆這些動作，你說的話會更容易傳達給聽者。

不過要注意，走動的頻率不能太高。

移動算是大動作，可以考慮大概兩到三分鐘換一次位置。

站位的六個區域法則

將舞台分成右、中、左，再各自分前後，總共六個區域。改變站位時，要考慮移動的流暢度和容易度

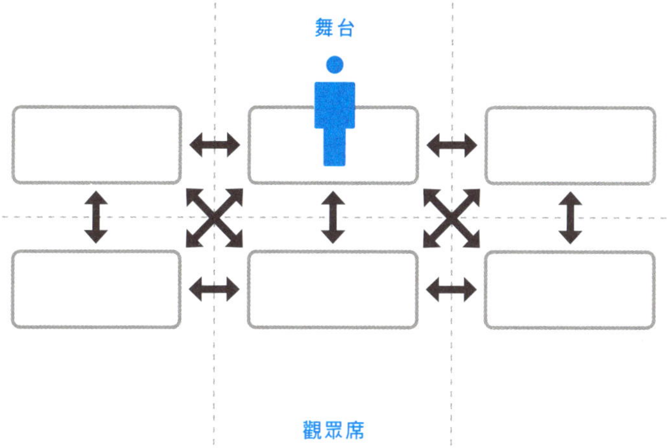

這必須根據整體談話的篇幅，還有話題切換的狀況，再決定移動的次數。

如果使用投影片，站位也要配合投影的位置。

例如，在超大型會場，螢幕的位置比講者高，站位就可以照這六個區域做安排。但如果螢幕的高度與講者身高差不多，講者站在螢幕前方，可能會遮住螢幕，這時就要排除中間的兩個區域，將站位安排在左右四個區域。

如果想充分活用這六個區域，使用「**黑色投影片**」，也是一個選擇。黑色投影片，就真的只是整面黑色的投影片，這樣就算講者站在螢幕前方，也不會有影響。

如果「一定要站在舞台中間講述重要事項」，又怕擋到螢幕的話，不妨事先準備好黑色投影片。

手勢是表現自己想法的武器

最後是「**手勢**」。

懂得善用手勢，可以強調關鍵詞句，讓聽者更容易理解談話的重點。與站位的變化一樣，視覺上有變化時，能夠吸引聽者的注意力，將視線投向講者。

我自己也會使用很多手勢。

例如，簡報介紹公司的服務時。

提到「KAEKA 有三大特徵」時，我會在臉旁邊用手指比出「三」。

「我們專攻『改善談吐』，這在日本是比較少人涉及的領域。」說這句話時，配合張開雙臂張，再縮到胸前的動作，傳達稀少性。

「我衷心希望能夠達成這個目標。」陳述願景時，配合慣用的右手搭在胸前的動作，表達這是自己真心的願望。

賈伯斯也是手勢達人。他隨時都意識著要利用自己的動作和姿勢，讓聽者「感受魅力」。

在 iPhone 的發表會上，賈伯斯一開始是在肚臍位置的附近做各種手勢的收放。

但是到了關鍵時刻，「三個獨立的設備，變成了一個，它的名字就叫 iPhone。」說這句話的時候，他將雙手抬高到胸部位置，大大地張開。

配合話題設計手勢的幅度，讓說出口的話更加鏗鏘有力。

手勢不僅是強調談話的重點，也能把講者的想法或決心，更明確地表現出來。用單手還是雙手，在什麼高度，比出什麼手勢……手勢不是單一動作，而是有各種形式，若能靈活運用，我們的表現會更加豐富。

說話時，我們會安排不同性質的段落，選擇不同的詞彙，讓整段談話有輕重緩急，才會更吸引人。

手勢也一樣，要配合當時的心情和想要傳達的訊息，自由地運用，讓手勢成為自己的另一項強大武器。

要使用身體的哪個部位、在哪個位置、做出什麼動作等，手勢有數不清的變化。

不過，還是有一些必須注意的重點，以下我為大家解說。

在眼睛的高度，大方做出手勢

前面說明聲音的抑揚時，我們已經知道，在台上，表現要比平常誇張三倍，聽起來才算是普通，手勢也一樣。

經常發生的失誤就是，手勢的位置太低，聽者沒注意到。為了避免這種失誤，我們要先思考，手勢的用意是什麼。手勢的目的是強調詞句、表現想法，讓聽者更容易明白。

既然如此，手勢的位置落在腹部以下，就是不適切的。聽者的視線是看著你的眼睛，如果手勢不能進到他的視野，等於沒有作用。

手勢的另一個目的，試藉由製造視覺上的變化，讓聽者不會精神疲勞。如果手勢在比較低的位置，就算有視覺變化，聽者看不清楚，也就失去了意義。

手勢的呈現

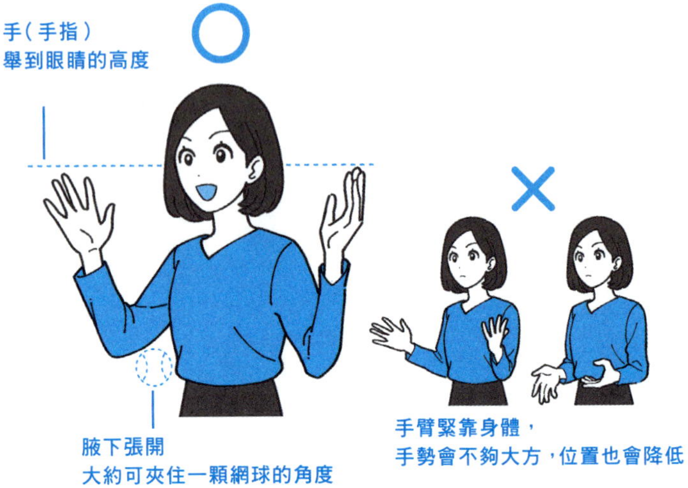
○
手（手指）
舉到眼睛的高度
腋下張開
大約可夾住一顆網球的角度
×
手臂緊靠身體，
手勢會不夠大方，位置也會降低

因此，手勢要夠明顯。

具體位置是，**手指要舉到眼睛的高度左右。**

為了保持這個高度，腋下要張開大約可以夾住一顆網球的角度。

如果手臂緊貼身體，動作會太小，看起來不夠大方，也很難維持在眼睛的高度。

腋下張開一顆網球的角度，可以很自然地做出夠大氣的手勢。

但如果腋下張得太開，動作變得太誇張，也會不自然。

我們的學員一開始都會懷疑：「手勢需要這麼大嗎？」但實際練習並錄影回看，大家都異口同聲說：「原來動作這麼大也沒問題呢。」

對於手勢，自我認知與他人認知也必須取得平衡。

最近許多人會拍片上傳到網路上，其中以上半身的影像居多。

現在網路上的影片，只有身體上半部的影像成為標準模式。

在這種情況下，手勢一定要在眼睛的高度，動作也要夠明顯，才能傳達給透過螢幕觀看的人。

手勢的關鍵不是「動」而是「靜」

可能有人以為手勢是動態的，必須一直做動作。

但其實，手勢的**關鍵不是「怎麼動」，而是「怎麼停」**。

回想一下使用手勢的目的，應該就能夠理解。

使用手勢的目的，是強調正在說的詞彙或句子。

舉例來說，講到「第一項，是說話方式的重要性」這個話題：

BAD

第一項，**是說話方式的重要性**。

許多人只在一開始時比出「一」的手勢，然後手就放下來了。

然而，「說話方式的重要性」才是我們希望聽者記住的重點，卻沒有成功傳達，這麼一來，手勢就變得沒有意義。

請大家記得，手勢「至少」要維持到重點詞彙說完。基本上，手勢應該要維持到**包含重點詞彙的整句話都說完才放下**。

GOOD

第一項，是說話方式的重要性。

直到這句話結束，手勢都應該靜止不動。

手保持抬起來的狀態，聽者才能理解你現在說的話很重要。

但如果這句話都說完了，手還一直舉著，就會變成「全部強調」，這又有違手勢的目的了。

要記得，手勢只是強調「這句話」而已。

控制次數，避免多餘

常常有人來諮詢，一次談話當中，比手勢的次數，多少才算恰當。

這其實要看狀況，或是談話的整體篇幅，並沒有正確答案。

不過，從手勢的目的，也就是強調詞句的原則來思考，一分鐘一至三次算是正常範圍，兩、三分鐘一次也沒有關係。但如果一分鐘四次以上，可能就太多了。

當然，這也要看手勢的種類，**只要聽者看著「不覺得多餘，很自然」，都算是正確的。**

比手勢的時機也有訣竅。我建議，在說出強調詞彙之前就先比手勢。

「我想說的事，主要有三項」，以這句話為例，常見的失敗例子是：

BAD

我想說的事，主要有三◀項。

像這樣，重點詞彙說完才比手勢。

這樣既沒趕上聲音，也不能為重點詞彙補充視覺資訊，完全達不到強調的目的。

電視節目的字幕，一定要再出演者說話的同時，或是前一刻出現。手勢也是同樣的道理。

GOOD

我想說的事，主要有三項。

在說出重點詞彙之前，就先比手勢，才能真正達到強調的目的。

「剪刀．石頭．布」可以變出什麼

接下來，要解說什麼樣的手勢較有效。

手勢的「剪刀・石頭・布」

表示數字
1、2、3……
手指併攏或張開
給人的印象不同

	石頭	剪刀	布
單手	・表明決心 ・鼓勵聽者	・數字排序（1～5） ・No. 1 ・折手指數數	・強調 ・指聽者 ・指物品 ・指自己
雙手	・表現對比	・數字排序（6～10）	・表現對比 ・表示長度

我慣用的基本手勢是「**剪刀・石頭・布**」。

手握拳的「石頭」，給人強而有力的印象。

政治家演講時經常利用這個手勢，向聽眾強勢地傳達訊息。商務人士的簡報比較不常出現，但想要表現強烈的意志或熱誠時，也可以試試看。

「剪刀」是表示數字的動作總稱。「第一是……第二是……」，像這樣做「數字排序」時，手勢能幫助理解。

還有一個比較特別的例子，不是表示數字。食指比「1」，還可以傳達正面積極的印象，或是表示「這件事非常重要」「我很重視」的意思。

手掌打開的「布」，有幾種不同的意義。

手指併攏，有理性、穩重的感覺。手指併攏，指向投影片，比起只用食指來指，顯得更優雅、成熟。

手指全部張開，整體給人強而有力又自然的印象。談話中想表現強勢的態度時非常有效。

布的手勢適用各種內容，是最常見、最多人愛用的手勢。靈活運用手指併攏或張開的意義，適用範圍就更廣了。

舉例來說，可以強調事項、指稱對方，或是放在自己胸口位置，表示自己的誠心等，布的手勢能夠表達的意義非常多樣。

在談話的「決定性關鍵」時刻，雙手比出布的手勢也很有效。雙手比出布，給人包容、正面、開放的印象，也表示對著全場訴求的意思。

其他還有各種無限創意的手勢。

利用手勢，讓聲音更有變化

在指導學員的過程中，我有一個發現。

「有意識地利用手勢」，還能獲得很多附加效果。

具體來說有：

・音量大小：

配合手勢動作，說話的聲音會更大

・聲調高低：

配合手勢動作，聲調變得更有力、更高亢

・語速：

說話速度會配合手勢，尤其說到關鍵字時會慢下來

換句話說，**手勢能夠提升聲音整體的抑揚頓挫**。

沒有手勢，我不能說有什麼明確的壞處，卻可能給人少了熱誠的感覺。

為了達成我們談話的目的，想要用淺顯易懂又豐富的表現傳達自己的意思，有意識地運用手勢，也是不可或缺的。

即使在線上，重點還是不變

第三部的最後，我要聊聊經常有學員問我的一個問題：

「線上溝通該怎麼做？」

第三部解說聲音和動作的細節，這在線上確實比較難傳達。要在非語言資訊弱化的情況下，直接傳送語言資訊，必須思考更精準、更淺顯易懂的詞彙，在一來一往的對話中，也的確有一些應該注意的重點。

但是，讀者讀到這裡可能已經發現，線上溝通與線下溝通，應該注意的地方並沒有太大不同。

理解溝通手段的不同，這固然重要，但如何靈活運用學會的技巧、如何表現，只要根據現有的因素去調整就可以了。

基本上，本書介紹的所有要訣都可以應用在線上，希望大家可以更積極地嘗試。

如果你已經牢記本書的所有要訣和注意事項，就沒有所謂「因為是線上」的藉口了。

結語

感謝各位讀到最後。

一路走來，我為許多人提供口語表達訓練課程。

其中，有人的談吐出現飛躍式的進步，也有人還在繼續煩惱著，而我也發現了其中的差異。

那就是「率直的心」。

談吐進步的人，願意率直地嘗試學到的內容，率直地接受嘗試之後的結果。要是覺得自己沒做好，還會想其他方式再試一次。

然而，還在繼續煩惱的人，總覺得難為情，不好意思嘗試，甚至放棄實踐。他們雖然知道必須改善談吐，卻固執地堅持用自己的方式。

兩者的差異在於，一邊是率直地學習、嘗試，一邊卻是懷疑學習的效果。

本書的「說話戰略」，是為說話這個行為建立體系，並一一為大家介紹當中的要訣。我建立這個體系，是在理解「說話沒有正確答案」的同時，仍想盡辦法接近理想。我很清楚，溝通的理想狀態會依據不同的情況或關係，隨時發生變化。說話方式其實「跟生鮮食品一樣講究新鮮度」。

如果對本書的體系鑽牛角尖，其實可以找到很多反例。懷疑是很簡單的事。

然而，我想說的是，我們應該做的，不是找出反例來懷疑，我希望大家能夠保持「率直的心」，率直地將這些方法應用在自己的工作或生活中。

只要保持這個心態，就能不斷地成長。

請將本書當成你的夥伴。

我在二十五歲時創辦 KAEKA，就是因為我認為自己不應該獨占這個學習口語表達的經驗。我要分享自己的經驗，回饋給社會。

曾經平庸的我，現在之所以能夠享受精彩、豐富的人生，不是因為有什麼隱藏的天賦，只是運氣好而已。

偶然因為這個稀有的經驗，讓我背負起推廣說話教育的使命。

我的目標是將說話教育推廣到全日本，實現每個人都可以鍛鍊談吐的社會。甚至能夠納入義務教育，編入教科書。

改善談吐，可以實現願望；可以互相幫助，與他人一起積極面對人生；還可以在意見對立時，互相傾聽、互相認同。

「說話」是豐富全體社會的最強手段。

我懷抱著堅定的野心與滿腔的熱情，今後也將致力於推廣說話教育，為學員及客戶解決問題。

如果本書能夠成為引導你改善談吐的夥伴，我將深感榮幸。當你希望藉由說話實現願望時，請回頭閱讀必要的篇章。

最後，我要感謝在本書的製作過程中，陪伴我一路走來的President出版社和柳澤先生，以及在KAEKA認真面對口語表達問題的學員及客戶們，還有相信我所描繪的未來，不斷積極挑戰的KAEKA員工們。在此誠摯地感謝大家。

我衷心希望我們全體努力的結晶，能為你照亮人生。

千葉佳織

二〇二四年四月凌晨三點，在寂靜的湛藍天空下

参考文献

Harnessing the Power of Stories〈Stanford University〉 https://womensleadership.stanford.edu/resources/voice-influence/harnessing-power-stories

中村雅彦「自己開示の対人魅力に及ぼす効果(3)——開示内容次元と魅力判断次元の関連性に関する検討——」(The Japanese Journal of Psychology 1986, Vol.57, No.1, 13-19)

ベストセラーRanking〈日本出版販売〉 https://www.nippan.co.jp/ranking/

リスキリング支援「5年で1兆円」　岸田首相が所信表明〈日本経済新聞〉 https://www.nikkei.com/article/DGXZQOUA30ACD0Q2A930C2000000/

なぜ日本の大企業はKDDIのような記者会見ができないのか…「社長の能力の優劣」ではない本当の理由〈PRESIDENT Online〉 https://president.jp/articles/-/59552

岸本裕紀子『オバマのすごさ やるべきことは全てやる!』(PHP研究所)

デビット・リット著、山田美明訳『24歳の僕が、オバマ大統領のスピーチライターに?!』(光文社)

小磯花絵・渡部涼子・土屋智行・横森大輔・相澤正夫・伝康晴「一日の会話行動に関する調査報告」(2017年3月大学共同利用期間法人 人間文化研究機構 国立国語研究所)

2022年度大学入学者:総合型選抜さらに伸びる〈洋々〉 https://you2.jp/labo/7133/

小森政嗣「スピーチにおける「間」の最適時間長に関する感性心理学的研究」(人間科学研究 2001年3号)

伊藤俊一・阿部純一「接続詞の機能と必要性」(The Japanese Journal of Psychology 1991, Vol.62, No.5, 316-323)

本間生夫『呼吸を変えるだけで健康になる 5分間シクソトロピーストレッチのすすめ』(講談社)

高津和彦『スピーチや会話の「えーっと」がなくなる本』(フォレスト出版)

藤原武弘「態度変容と印象形成に及ぼすスピーチ速度とハンドジェスチャーの効果」(The Japanese Journal of Psychology 1986, Vol.57, No.4, 200-206)

新型コロナウイルス感染症に関する菅内閣総理大臣記者会見〈首相官邸〉 https://www.kantei.go.jp/jp/99_suga/statement/2021/0730kaiken.html

野球日本代表 侍ジャパン 公式(@samuraijapan_pr)2023年3月22日 Xへの投稿 https://twitter.com/samuraijapan_pr/status/1638324724655886336

ジェフ・ベゾス寄稿、ウォルター・アイザックソン序文、関 美和訳『Invent & Wander ジェフ・ベゾス Collected Writings』(ダイヤモンド社)
Exclusive: Watch Steve Jobs' First Demonstration of the Mac for the Public, Unseen Since 1984〈TIME〉 https://time.com/1847/steve-jobs-mac/
世界中の若者たちへ BTSが国連総会でスピーチ「自分自身のことを話して」〈unicef〉 https://www.unicef.or.jp/news/2018/0160.html
米国大使館レファレンス資料室 編集『President Barack OBAMA in His Own WORDS オバマ大統領の演説「自らの言葉で語る」』(米国大使館レファレンス資料室)
12年間のオバマ氏　やせっぽちの子から米大統領2期〈BBC NEWS JAPAN〉 https://www.bbc.com/japanese/video-36911413
指原莉乃、地元・九州でAKB総選挙の1位奪還(スピーチ全文)〈HUFFPOST〉 https://www.huffingtonpost.jp/2015/06/06/akb-sashihara_n_7525236.html
豊田章男が見せた涙の訳　11回目の株主総会⑥〈トヨタイムズ〉 https://toyotatimes.jp/report/shareholders_2020/084.html
指原莉乃スピーチ全文「ファンのみんなが無理に無理に無理を重ねて」〈Sponichi Annex〉 https://www.sponichi.co.jp/entertainment/news/2016/06/18/kiji/K20160618012807110.html
【弔辞全文】「総理、あなたの判断はいつも正しかった」安倍元総理国葬　"友人代表"菅義偉前総理の追悼の辞｜TBS NEWS DIG〈TBS NEWS DIG〉 https://www.youtube.com/watch?v=waLIg9WnwpA
【ノーカット】安倍元総理へ　野田元総理が国会で追悼演説(2022年10月25日)〈ANNnewsCH〉 https://www.youtube.com/watch?v=Z8wz6gL2EBY
【ビリギャルのスピーチ】新たなる挑戦、なぜ留学に行くのか?〈ビリギャル チャンネル〉 https://www.youtube.com/watch?v=Bb4KggFdj-0
2万人を興奮させた!小泉純一郎「絶叫」演説@新宿アルタ2014 02 01〈日仏共同テレビ局France10〉 https://www.youtube.com/watch?v=6Of9p_8tO94
大下英治『小泉純一郎・進次郎秘録』(イースト・プレス)
【全訳】ティム・クック「MITでの卒業スピーチ」｜人生の目的を見つける方法は「人のために尽くすこと」〈クーリエ・ジャポン〉 https://courrier.jp/news/archives/87852/
「私には夢がある」(1963年)マーティン・ルーサー・キング・ジュニア〈AMERICAN CENTER Japan〉 https://americancenterjapan.com/aboutusa/translations/2368/#jplist
【伝説のスピーチ】入学式にしょこたんとサプライズ乱入!〈エガちゃんねる〉 https://www.youtube.com/watch?v=6-3gTpjkZzw
【国立競技場】義足プロジェクト、感動のフィナーレ!!〈乙武洋匡の情熱教室〉 https://www.youtube.com/watch?v=zoBdk3SBRBE

Eurasian Publishing Group 圓神出版事業機構 用心與你對話・視野無限寬廣
先覺出版社 Prophet Press

www.booklife.com.tw　　reader@mail.eurasian.com.tw

商戰 252

說話的戰略：一生受用的思考與技術

作　　者／千葉佳織
譯　　者／蔡昭儀
發 行 人／簡志忠
出 版 者／先覺出版股份有限公司
地　　址／臺北市南京東路四段50號6樓之1
電　　話／（02）2579-6600・2579-8800・2570-3939
傳　　真／（02）2579-0338・2577-3220・2570-3636
副 社 長／陳秋月
副總編輯／李宛蓁
責任編輯／劉珈盈
校　　對／朱玉立・劉珈盈
美術編輯／林雅錚
行銷企畫／陳禹伶・朱智琳
印務統籌／劉鳳剛・高榮祥
監　　印／高榮祥
排　　版／莊寶鈴
經 銷 商／叩應股份有限公司
郵撥帳號／18707239
法律顧問／圓神出版事業機構法律顧問　蕭雄淋律師
印　　刷／祥峰印刷廠
2025年1月　初版

定價 420 元　　ISBN 978-986-134-520-8　

與人交談，不是虛應故事，而是發自內心，想要建立互相信賴的人際關係。表明自己未來想挑戰的事，爭取認同；或是向他人坦承自己的心情，尋求幫助。

溝通是我們人生中必須經營的一環，懂得與人溝通，才能推進自己的人生。

——《說話的戰略：一生受用的思考與技術》

國家圖書館出版品預行編目資料

說話的戰略：一生受用的思考與技術／千葉佳織著；蔡昭儀譯
臺北市：先覺出版股份有限公司，2025.01
352 面；14.8×20.8公分 --（商戰系列；252）

ISBN 978-986-134-520-8（平裝）
1. 演說術　2. 溝通技巧

811.9　113017481